KFV

für Alexander
Dezember 2022

Jos
Geschichte

herausgegeben von Ulrich Wössner

Karin Fischer Verlag · Aachen

Vorwort

Schon lange beschäftige ich mich mit einer Gestalt, die als Kultfigur seit circa zwei Jahrtausenden in sich stetig ausweitendem Umfang und mit zunehmender Intensität einen großen Teil der Menschheit und unseren ganzen Globus beeinflusst hat und – wie ich auf Grund meiner Recherchen als Résumé sagen kann – sehr oft und während langer Phasen der Geschichte nicht zum Wohl der Menschen und ebenso wenig zum Vorteil und Gedeihen unseres Planeten.

Was über diese Gestalt aus diversen Schriften bis vor kurzem bekannt war, basiert allerdings – das ist inzwischen eine feste und allseits belegte Basis aller Forschung – nicht auf historisch verifizierten Fakten. Diese als Quellen angenommenen Texte gründen vielmehr auf Hörensagen, auf Weitererzählen, auf Gerüchten und verschiedenen unsicheren mündlichen, zum Teil widersprüchlichen oder fantastisch aufgeblähten Überlieferungen, deren Wahrheitsgehalt jedoch jahrhundertelang dogmatisch von einschlägigen Kreisen mitunter aggressiv und unbarmherzig gegen jegliche Einwände, abweichende Auffassungen oder Zweifel und unter Ausschluss zahlreicher anderer Texte behauptet worden ist, aber nie belegt werden konnte. Dieser Quellenlage zufolge kann keiner der Autoren jener Schriften den Betreffenden persönlich gekannt haben, beziehungsweise dessen

Zeitgenosse gewesen sein, und kann damit auch seine Existenz nicht bezeugen. Und die einschlägigen Kreise sind – wie ebenfalls bekannt – seit jener Zeit ausschließlich gewisse Männer, die aus der Behauptung, jene Gestalt habe wahrhaftig so gelebt und solches verkündet, wie in jenen Schriften dargelegt, einen eigenen Vorteil und Nutzen ziehen und ihre Macht einrichten, sichern und festigen konnten, und die deshalb bis heute erratisch und mit patriarchalem Gehabe auf der absoluten Wahrheit und Authentizität jener Berichte beharren.

Umso mehr freue ich mich, Interessierten in diesem Jahr nach langem Forschen und Suchen ein Dokument vorlegen zu können, das ich, in einem erst neulich zugänglich gewordenen Bereich des Archivs einer bekannten Bibliothek über verstaubten Folianten in ein Regal eingeklemmt, gefunden habe.

Es ist eine Papyrusrolle, die entsprechenden Untersuchungen zufolge aus dem ostsemitterranen Bereich stammt und circa zwei Jahrtausende alt ist. Für dieses hohe Alter ist das Dokument, dank der trockenen Atmosphäre in diesen Räumen, erstaunlich gut erhalten geblieben.

Zu meiner großen Überraschung handelt sie explizit von jener Gestalt und belegt zum einen meines Erachtens nunmehr eindeutig, dass sie wirklich gelebt hat, zum anderen beschreibt dieser Text das Geschehen um diese Person herum und deren Wirken um einiges anders, und, wie mir scheint, authentischer, wahrhaftiger und den tatsächlichen Ereignissen aus historischer Sicht weit näher, als die oben erwähnten, bisher verfügbaren schriftlichen Quellen. Ist in diesem Papier das Drama doch erstmals aus dem Blickwinkel einer unmittelbar involvierten Figur geschildert, der im gesamten bisherigen Diskurs kaum eine Bedeutung zugemessen worden ist, und die hier endlich ein »Gesicht« bekommt.

Das Dokument ist in einem semiterranen Dialekt verfasst, der sich damals als eine Art Umgangssprache in jenen Gebieten etabliert hatte. Auf Grund meiner Kenntnisse des Hochsemiterranen und einiger Varianten war es mir möglich, innerhalb von drei Monaten nach der Entdeckung, eine vorläufige Übersetzung zu erarbeiten, die ich Ihnen dank der Bereitschaft des Karin Fischer Verlages für eine rasche Veröffentlichung hiermit vorlegen kann. Die Bezeichnung des Papyrus, die Jahresangaben und den Namen des Schreibers habe ich in Anlehnung an das Lateinische wiedergegeben.

Mögen Sie anhand dieses Augenzeugenberichtes selbst beurteilen, ob und inwieweit die bisherigen Erzählungen über jene Gestalt, das in ihnen mit ihr in Verbindung gebrachte Geschehen und die ihr zugeschriebenen Gedanken und Ansichten noch gültig sind, und ob sie nach zweitausend Jahren, wie bis dato von besagten Patriarchen und Männerbünden hartnäckig verkündet, weiterhin als Grundlage für ein umfassendes Glaubenssystem und ein entsprechendes Welt- und Menschenbild dienen können.

Eine wissenschaftlich kommentierte Ausgabe des Textes ist in Arbeit.

Papyrus Chronales Megalurbis / anni 750–799
Rolle P.Te.S. / annus 791 / historia JMJ
Bibliotheca semiterranea ST5 / L321.7

Wie ich, Primus Testis scriptor, Jos, den Zimmermann und Vater des Jes, traf, und wie er mir zu erzählen begann

Ich, Primus Testis, bin Schreiber bei einem bekannten Gelehrten der Großen Stadt. Meine Aufgabe ist es, zu hören und zu schauen, was innerhalb der Mauern und im Umfeld geschieht, dies genau niederzuschreiben und es zum Ruhme der Stadt, des Gelehrten und unseres Volkes für spätere Generationen festzuhalten und zu bewahren. Ich ziehe in der Stadt und in deren Umland umher, beobachte und höre, was die Leute jeglichen Standes reden. Gelegentlich spreche ich den einen oder anderen an, von dem ich den Eindruck habe, er könnte mir Interessantes berichten. Außerdem bin ich bei wichtigen Anlässen dabei, bei Paraden, Versammlungen, Gerichtsverhandlungen, Triumphzügen und besuche die Tempel und Gebetshäuser vor allem an wichtigen Festtagen, ebenso die Theater und andere Vergnügungsstätten.

Bei einem meiner Ausflüge in die Umgebung traf ich neulich beim Hinrichtungshügel vor der Großen Stadt auf einen einfachen alten Mann, der bekümmert auf einem Stein saß und vor sich hinschaute. Ich näherte mich ihm ruhig und, als er mich bemerkte und zu mir aufschaute, sprach ich ihn an.

Ob es ihm gut gehe, fragte ich, ob ich ihm helfen könne. Er schüttelte den Kopf und versank wieder ins Sinnieren oder Träumen. Ich blieb verlegen stehen und wollte wieder gehen, als er mich ansprach und fragte, wer ich sei. Ich sagte, ich sei Primus Testis und sei Schreiber bei einem bekannten Gelehrten, der sich für die Geschehnisse in der Großen Stadt und im Umkreis interessiere, um sie der Wahrheit gemäß aufschreiben zu lassen und sie für spätere Generationen zu bewahren.

Er hörte aufmerksam zu, überlegte kurz und fragte weiter, ob er mir auch eine Geschichte erzählen könne, seine Geschichte, eine wahre Geschichte. Ich war erstaunt und fragte, ob es tatsächlich Wichtiges sei, da meinen Meister rein Persönliches nicht interessiere. Es müsse um Bedeutendes gehen, um große Taten, tapfere Männer, kluge Köpfe, neue Gedanken oder bisher Unbekanntes und der Wahrheit entsprechen. Ja, sagte er, da hätte er möglicherweise etwas zu berichten, obwohl er nur ein einfacher Zimmermann sei. Ob ich schon einmal von einem gewissen Jes gehört hätte, dem vor Jahren gekreuzigten Prediger.

Da wurde ich hellwach, denn dieser Name, dieser Mann war seit seiner Kreuzigung in aller Munde. Diese Hinrichtung und davor die Verurteilung hatte ich selbst beobachtet und das, was ich erlebt hatte, in unseren Annalen wahrheitsgetreu aufgeschrieben. Darüber hinaus wurde viel von ihm erzählt. Aber all diese Berichte über sein sonstiges Wirken vor seinem Tod erschienen meinem Meister und mir ziemlich unglaubwürdig und nicht des Aufschreibens wert. Es waren für uns Gerüchte, Fantasien oder Hörensagen. Entweder klangen sie uns zu fantastisch und überheblich oder sie waren voller Tadel und Häme, zum Teil voller Hass. Auf beiden Seiten wurde unseres Erachtens stark übertrieben, hier nur Lobhudeleien, dort pure Verunglimpfungen, und all das hörte sich zu fanatisch an und schien uns kaum der Wahrheit zu entsprechen. So fragte ich weiter, was er von diesem Jes erzählen könne, und ob es Zuverlässigeres, Ehrlicheres sei, als das, was man bis jetzt gehört habe.

Er hob langsam den Kopf, sah mich ernst und offen eine Weile an, wie um mich zu prüfen, und sagte mit leicht zitternder Stimme: »Ich bin Jos, sein Vater!«

Erstaunt horchte ich auf und war sofort brennend interessiert. Der Mann schien mir nicht zu lügen. Und wenn er dieser Vater war, hatte ich endlich einen direkt Betroffenen, einen ernstzunehmenden Augenzeugen vor mir. Mit Sicherheit würde er mir Wahrhaftigeres und wirklich Geschehenes berichten können, das es wert war, in Schrift gefasst zu werden und in die Annalen einzugehen. Er würde mir wohl ganz anderes über diesen Jes erzählen können, als bislang bekannt. Zudem war von dessen leiblichem Vater selten und wenn, nur wenig die Rede gewesen, überwiegend von einem Vater im Himmel oder einem Heiligen Geist oder ähnlichem, allenfalls beiläufig von einem Ehemann der Mutter dieses Jes – als ob man die Existenz dieses Mannes aus irgendwelchen Gründen verschweigen oder leugnen wollte.

Ich setzte mich neben den Alten und sagte ihm, dass ich seine Geschichte sehr gerne hören würde. Er sah müde aus, und es war später Nachmittag. Deshalb vereinbarten wir, uns am übernächsten Tag erneut an diesem Ort bald nach Sonnenaufgang zu treffen. Dann würde er bereit sein, all das der Wahrheit gemäß zu berichten, an was er sich gut erinnern könne. Er nahm mir noch das Versprechen ab, das, was ich hören würde, getreu niederzuschreiben, damit es erhalten bliebe, und es meinem Meister vorzutragen. Das sicherte ich ihm zu, bevor ich ihn verließ.

Als ich zwei Tage später frühmorgens erschien, saß Jos, der Zimmermann, hellwach und aufrecht auf dem Stein, an den er eine Axt gelehnt hatte. Er begrüßte mich kurz und begann wie neu belebt zu erzählen.

Wie Jes sich aufmachte, den Tod am Kreuz zu finden

Ich weiß nicht mehr genau, wo sie mir zum ersten Mal begegnet war. Es ist lange her. Damals lebte ich in einem Dorf nördlich der Großen Stadt. Vielleicht sah ich sie auf dem Markt, oder als sie an einem Brunnen vorbeiging, an dem ich gerade rastete. Sie fiel mir irgendwie auf. Etwas, ihre Gestalt, ihr feines Gesicht im Rahmen des Kopftuches rührten mich, oder ihr Gang, wie sie an mir vorbeihuschte, über den Platz lief und in die Gassen hineinging. Spontan entschloss ich mich, ihr unauffällig hinterherzuschlendern, und als sie kurz darauf ein Haus betrat, wusste ich, wo sie wohnte.

Beiläufig erkundigte ich mich bei Nachbarn, wie die Familie, wie ihr Vater hieß. Nun, und da meine erste Frau bereits drei Jahre tot war, und ich ein Mann bin, zu jener Zeit schon knapp über dreißig Jahre alt, suchte ich nicht lange danach diesen Ibra auf. Ich stellte mich vor und fragte, ob ich ihn in einer wichtigen Angelegenheit sprechen könne. Freundlich führte er mich in sein Haus, bot mir zu Trinken und Gebäck an, und nach dem üblichen Palaver bat ich ihn unumwunden, mir seine – wie sich herausstellte – jüngste Tochter zur Frau zu geben. Er war nicht abgeneigt, und wir verabredeten, dass ich in den nächsten zwei, drei Wochen einige Male vorbeikommen, mit ihm plaudern und bei den Gelegenheiten seine Tochter näher kennenlernen solle.

So geschah es. Mar, wie das Mädchen hieß, bediente uns Männer. Sie beschränkte ihre Anwesenheit im Speiseraum, wie sich das gehörte, auf das Nötigste, und nur flüchtig konnte ich ihren Blick erhaschen. Er war eher ängstlich fragend. Begehren konnte ich nicht entdecken. Sie war noch jung, sie hätte meine Tochter sein können. Leider war meine erste Ehe kinderlos geblieben. Aber zu einem Mann in meinem Alter gehörte einfach eine Frau, und Nachkommen habe ich mir natürlich auch gewünscht. Auf jeden Fall schien sie mir gegenüber am Ende dieser Zeit wohlgesinnt, und wir wurden wir uns einig.

Der Preis war schnell verhandelt. Am Hinterhaus der Familie mussten ein paar Balken und ein Teil der Abdeckung ersetzt werden. Das Dach war undicht geworden. Ich besorgte das Material, richtete das Holz zu, wechselte die Balken aus und deckte sie neu ein.

Die Hochzeit nach angemessener Frist war unspektakulär, wie es in meinem Viertel üblich war. Wir waren arm, lebten von der Hand in den Mund, für ein Fest blieb nicht viel übrig. Mit einiger Mühe konnte ich aufbieten, was allgemein erwartet wurde.

Der Brautvater trug einen erheblichen Teil dazu bei, und Wein, billigen Wein, gab es genug. Es kann deshalb sein, dass ich die erste Nacht verschlief – was eher unüblich war! Zudem war sie nach diesem gelungenen Fest, das mich sehr glücklich machte, recht kurz. Oder ich weiß es nicht mehr genau. Auf jeden Fall rührte ich Mar auch danach kaum an. Sie schien verhalten, obwohl sie nicht auswich, wenn ich mich ihr näherte, sie streichelte und in den Nacken zu küssen versuchte. Innerlich, im Gefühl, war sie mir noch nicht zugewandt, was mich jedoch nicht verdross.

Den bescheidenen Haushalt führte sie reinlich und in guter Ordnung. Sie kam mit dem aus, was ich ihr an Geld gab, wenn ich es hatte, sprach nicht viel, das Nötigste, um den Alltag zu bewältigen. Frühmorgens, unmittelbar nach dem Aufstehen, verharrte sie kniend kurz vor einer Ecke des kargen Raumes und mit leicht geneigtem Kopf. Die Hände über Kreuz vor der Brust murmelte sie einige Worte, die ich nie verstand und nach denen ich nicht fragte. Abends, bevor sie sich neben mich auf die Schlafstelle legte, wiederholte sie diese Geste mit stärker gebeugtem Haupt. Ich ließ sie gewähren, fragte nicht, wem sie sich zuwandte, ob sie IHN um etwas bat, zu IHM betete oder die Familienheiligen oder Ahnen ihres Vaterhauses vor Augen hatte. Auf einem Tonplättchen, das sie dort aufgehängt hatte, meinte ich leicht eingraviert ein Dreieck zu erkennen, das auf einer Ecke stand. Ich getraute mich allerdings nicht, genauer hinzusehen, da mir schien, der Winkel sei ihr heilig.

Der Alltag war beschwerlich. Solange es hell war, gab es zu tun. Miteinander zu sein, war nicht in unserem Blickfeld. Es gab dafür wenig Zeit. Wir waren Mann und Frau, um uns gegenseitig bei der Bewältigung des alltäglichen Lebens ohne unnötige Reibereien zu unterstützen, sie auf ihrem Platz, der seit alters klar war, und ich auf meinem. Das hieß, dass ich unermüdlich nach Arbeit suchte und zügig begann, sobald ich einen Auftrag hatte oder ich mich irgendwo eine Zeit lang verpflichten konnte. Es ging darum, das tägliche Brot zu besorgen und unser Dasein einigermaßen ausreichend aufrecht zu erhalten.

Andererseits: Wir waren auch Mann und Frau, um Kinder zu zeugen, Nachfahren, Söhne zu haben. Die würden unseren Stamm, unsere Familie fortführen, sich um uns kümmern müssen, wenn wir alt, schwach oder krank werden. Das war, jedenfalls bei Mar, die in die volle Blüte kam, noch lange hin – so ER wollte! Es galt also nichts zu überstürzen, und ich wollte nicht unbedacht sein oder gar etwas erzwingen. Das hätte ich bei ihr sowieso nicht über mich gebracht. Ihr ganzes Wesen stimmte mich zart, zarter, als ich es bisher von mir kannte. Und da von ihr ebenso kein Signal in diese Richtung ausging, blieben wir uns lange fremd, obwohl ich sie nicht für prüde hielt.

Sicher regte sich hin und wieder Begehen in mir, und ich dachte, dass wir uns einmal inniger begegnen müssten, um für unser Alter zu sorgen und unseren Stamm fortzuführen. Die Schwere meiner Arbeit und die beständige Unsicherheit, ob ich jeden Tag eine Tätigkeit finden würde, raubte mir jedoch viel Kraft. Immerhin stand ich schon im Zenit meines Lebens und sank abends, wenn ich nach Hause kam – häufig war es dunkel – nach einem bescheidenen Mahl meist erschöpft auf unsere Schlafstelle und konnte Mar als Gruß zur Nacht nur flüchtig über die Wangen streicheln. Oder ich konnte abends nicht heimkommen, weil ich tagelang in den umliegenden Dörfern unterwegs oder auf einer Baustelle in der Großen Stadt beschäftigt war, wo kräftig an Gebäuden oder Wehranlagen gebaut, erweitert und verbessert wurde.

Besonders aufreibend war es für mich, wenn ich vor Gerichtstagen dazu aufgeboten wurde, in der Großen Stadt hinter dem Gerichtsgebäude Kreuze für die herzustellen, die zum Tode verurteilt und am Tag nach der Verhandlung hingerichtet werden würden. Ich hatte da keine Wahl, und man kannte mich als arbeitsamen und zuverlässigen Zimmerer. Bei Bedarf wurde ein Bote zu mir geschickt, dem ich sogleich zu folgen hatte, und von dem Moment an war mir strenges Stillschweigen über diese Arbeiten auferlegt. Die Stämme lagen bereit, und ich musste mit einigen Gehilfen, angetrieben von Aufsehern, innerhalb eines Tages ohne Pause Balken für mitunter bis zu einem Dutzend Kreuze herrichten. Sobald die Hölzer in Form gebracht waren, mussten wir sie zum Hinrichtungsplatz dieses Hügels transportieren, sie vor Ort zu Kreuzen zusammenfügen und Gruben ausheben.

Außerdem mussten wir am Hinrichtungstag, das heißt am folgenden Tag, die Kreuze mit den von Soldaten daran angebundenen oder angenagelten Verurteilten aufrichten, sie in die Löcher stellen und mit Erde und Keilen befestigen. Eine grässliche Arbeit, die mir nicht nur enorme körperliche Kräfte abverlangte. Sie setzte mir hauptsächlich im Geiste zu, der sich danach für eine Weile verdunkelte. Und jedes Mal, wenn ich wieder zu dieser Arbeit aufgerufen wurde, wie ich meinte, ein wenig mehr.

Das gute Geld, das damit in kurzer Zeit zu verdienen war – die Auftraggeber ließen sich da unabhängig vom Zwang, den sie ausübten, nicht lumpen – konnte diese trübe Stimmung nicht aufwiegen. Selbst für Mar war ich an solchen Tagen gleichsam nicht vorhanden, und sie mir nicht gegenwärtig. Sie wusste allerdings, was ich zu tun hatte, ohne dass wir darüber sprachen. In dieser Verfassung spendete mir ihre bloße Nähe beruhigenden Trost.

Dass ich trotz all dieser Beschwernisse, der Enge des Lebens und der umgebenden Verhältnisse doch noch Vater wurde, und zwar Vater eines Sohnes! … kam mir bereits damals wie ein Rätsel vor. Wenn ich sehr gläubig gewesen wäre – wegen Erschöpfung, oder weil ich sogar an den Ruhetagen unseres Volkes manchmal arbeiten musste, besuchte ich den Tempel selten, und alleine zu beten war nicht meine Sache – als streng Gläubiger hätte ich wohl gesagt, dass ER seine Hand oder, ja … im Spiel gehabt habe, oder dass eben etwas »Geheimnisvolles« geschehen sei.

Das wurde später, wirklich viel später da und dort verlegen geflüstert – vielleicht weil man mich für zu alt hielt! Aber wenn ich mich recht erinnere, muss das in einer jener Nächte gewesen sein, in die ich nach einem anstrengenden Tag schwer müde eingesunken bin. Irgendwie muss ich zu ihr gefunden haben und meinem Erleben nach hat sie mich entspannt und ohne Furcht empfangen.

Kurz: Zwei, drei Monde später kam ich eines Tages von einer langwierigen Arbeit in einem entfernteren Dorf nach Hause. Mar kniete vor ihrer Ecke mit dem kleinen Tontäfelchen, und ich hörte sie innig beten und intensiv atmen oder schluchzen. Als sie meinen üblichen Gruß vernahm, wandte sie sich um, stand auf und kam mir leichtfüßig und hell strahlend entgegen. Sie wirkte überglücklich, geradezu erlöst, warf sich an meine Brust, umschlang mich mit ihren feinen Armen und begann hemmungslos zu weinen. Ich war überrascht und überlegte, was geschehen sein könnte. Sanft streichelte ich ihr über den Rücken, und als sie sich beruhigt hatte, wandte sie mir ihr von Tränen nasses Gesicht mit großen Augen und bebendem Mund zu und stammelte: »Ich werde ein Kind gebären!«

Da wurden selbst mir die Knie weich, und ich weiß nicht mehr, wie lange wir in inniger Umarmung stehengeblieben sind, bis wir wieder klarere Gedanken fassen konnten. Ja, das war vor etwa vierzig Jahren. Und wenn ich dir das erzähle, erfasst mich heute noch jenes tiefe Gefühl der Verbundenheit mit Mar und der Dankbarkeit gegenüber dem Schicksal oder, meinetwegen, auch gegenüber IHM.

Schnell sprach sich das Ereignis in der Nachbarschaft herum. Die Männer kamen, mir zu gratulieren, die Frauen boten Mar ihre Hilfe und Unterstützung für die kommenden Monde an. Ich habe sie alle zu einem Umtrunk eingeladen, und wir haben ausgelassen gefeiert und getanzt bis in die Nacht.

Für Mar begann eine neue Zeit, in der sich, von Außenstehenden zunächst nicht wahrnehmbar, Tag um Tag etwas in ihr und für sie änderte. Mein Leben lief dagegen wie gewohnt weiter, obwohl ich einen gewissen Stolz und Freude nicht verbergen konnte. Arbeit suchen, Aufträge ausführen, Anstrengungen aushalten, Ärger erdulden oder mal den vereinbarten Lohn nicht bekommen. Die Gedanken an unser Kind ließen mich das leichter nehmen.

Ungefähr zwei Monde nach jener Offenbarung fiel mir auf einem Bau ein Balken auf die Füße, und ich konnte einige Tage nicht richtig arbeiten. Das war mir bisher nie passiert, und ich musste mich währenddessen mit kleineren Aufträgen begnügen, die ich im Werkwinkel hinter dem Haus im Stehen oder Sitzen ausführen konnte: Gerätschaften anderer Leute reparieren, kleinere Bretter oder Balken zuschneiden und hobeln oder Ähnliches, und ich konnte Mar ein bisschen zur Hand gehen.

Zum Glück war am Fuß nichts gebrochen. Die Schwellung ging allmählich zurück, und nach und nach konnte ich wieder größere und einträglichere Arbeiten außerhalb annehmen. Die Schmerzen hielten länger an, und ich musste fortan leicht humpeln.

Mar war inzwischen anzusehen, dass der Zeitpunkt der Geburt näherrückte. Die damit verbundenen Beschwernisse ertrug sie lächelnd und strahlte eine große Zufriedenheit aus.

Da begab es sich eines Tages, dass ich zusammen mit anderen Handwerkern aus der weiteren Umgebung der Großen Stadt von den Herrschenden herangezogen und verpflichtet wurde, am Breiten Fluss weit im Süden im fremden Land Schiffe und Hafenanlagen zu bauen; ein Vorhaben, das sich über mehrere Jahre hinziehen würde. Die Zeiten waren einigermaßen friedlich und stabil. Trotzdem blieben feindliche Angriffe an den Grenzen des riesigen Reiches nicht aus, gegen die sich der Großherrscher zur Wehr setzen musste. Zugleich war er auf Erweiterungen seines Gebietes und seiner Macht aus. Er brauchte ständig neue Soldaten, Waffen und Schiffe, und in vielen Gebieten des Herrschaftsbereiches mussten Anlagen und Straßen gebaut oder erweitert werden.

Wir sollten als Kolonne in den Süden reisen. Unterwegs würden weitere Handwerker aus den Gegenden dazustoßen, durch die man ziehen würde. Kleinere Unternehmungen dieser Art kannte ich. So weit weg von der Heimat, in eine mir völlig fremde Gegend, war ich allerdings noch nie gekommen und auch nie so lange, wie das geplant war. Allein die Reise würde Wochen dauern.

Auf keinen Fall wollte ich Mar unmittelbar vor der Geburt und auf unbestimmte Zeit alleine zurücklassen. Niemand wusste, wann diese Arbeiten beendet sein, oder ob wir jemals zurückkehren würden. Es hätte sein können, dass ich Mar nie mehr und mein Kind überhaupt nicht sehen und kennenlernen würde, wenn sie zu Hause bliebe. Diese Aussicht war für uns kaum zu ertragen. Deshalb sprach ich ein paar Tage vor dem geplanten Aufbruch beim Kolonnenführer vor und bat ihn eindringlich, mir zu erlauben, Mar mit auf diese Reise zu nehmen.

Er wies mich jedoch darauf hin, dass es nicht üblich sei, bei solchen Unternehmungen Frauen mitzunehmen, egal ob sie verheiratet waren oder nicht. Das sei nicht zu verantworten. Man könne auf sie keine Rücksicht nehmen bei der Organisation und dem Ablauf der Reise und ihnen keine Verpflegung und Unterkunft zur Verfügung stellen. Zudem könne es Unruhe unter den meist ledigen und jungen Männern geben, wenn Frauen dabei wären. Man habe genug Mühe, die Leute während eines Nachtlagers davon abzuhalten, in die nächsten Dörfer oder Städte zu laufen, um mit Frauen ihr Vergnügen zu suchen.

Ich erklärte ihm noch einmal eindringlich, in welchem Zustand Mar sei und versicherte ihm, dass ich die volle Verantwortung für sie übernähme. Selbstverständlich würde ich selbst für Unterkunft und Essen sorgen, und das Vorankommen des Zuges würde durch uns auf keinen Fall behindert werden. Für Mar wolle ich einen Esel besorgen und ein eigenes Zelt mitbringen. Und meine Arbeitskraft stünde ihm ohne Einschränkung zur Verfügung. Nach einigem Zögern, und nachdem er mit Unterführern gesprochen hatte, willigte er schließlich, mit etwas grimmigem Gesicht ein, vielleicht, weil er wusste, dass er mich als erfahrenen Fachmann und Vorarbeiter brauchen würde. Er ordnete lediglich an, dass wir uns am Rande oder am Ende des Zuges zu halten hätten, um das Marschtempo nicht zu beeinträchtigen. Mar war sehr erleichtert, als ich mit der Botschaft zurückkam.

Wir begannen sofort, diese große Reise vorzubereiten, die eine Reise ins Ungewisse, wegen unseres Kindes aber ebenso eine voller Hoffnung und Zuversicht war.

Zelt und Esel lieh ich bei Mars Vater. Für die Transporte, die er zusammen mit seinen Söhnen und Helfern für andere ausführte, legte er oft weite Strecken zurück und war mehrere Tage unterwegs. Er war gut mit Tragtieren und weiterem Material ausgerüstet und konnte uns aushelfen. Als zukünftigem Großvater war es ihm selbst wichtig, dass wir all das, an was man vorher denken konnte, für dieses Unternehmen zur Verfügung hätten.

Am Tag der Abreise verabschiedeten wir uns von allen Nachbarn, Verwandten und Freunden, als ob es für immer wäre, trafen auf die Kolonne am verabredeten Versammlungsort und zogen mit ihr los. Da Mar auf dem Esel saß, konnten wir neben der Gruppe gut mithalten.

Von Norden kommend umgingen wir bald danach die Große Stadt in weitem Bogen. Aus ihr stießen weitere Arbeiter zu uns, mit ihnen ein Trupp Soldaten. Der Kolonnenführer hatte zum einen Angst, in wenig besiedelten Gebieten oder in Wüsten von gesetzlosen Banden bedrängt oder überfallen zu werden, die in solchen Gegenden ihr Unwesen trieben. Zum anderen wollte man uns Bauleute beeindrucken und in einiger Ordnung halten. Es sollte zu keinen Unruhen innerhalb des Trupps kommen auf dieser beschwerlichen Reise, wenn das Essen mal nicht schmeckte oder man zu schnellerem Marschieren angetrieben würde. Mir war das recht, da ich mich mit Mar und dem Ungeborenen sicherer fühlte.

Eines Abends, nicht lange nach unserem Aufbruch und bereits südlich der Großen Stadt, als wir uns anschickten, für die Nacht unser Lager unweit einer Ortschaft aufzuschlagen, klagte Mar plötzlich über Schmerzen und ein Ziehen in ihrem Körper. Wir ahnten, was bevorstand, ließen alles stehen und liegen und mit Mar auf dem Esel eilten wir in das nahe Dorf, um eine feste Unterkunft zu suchen und Frauen um Hilfe zu bitten.

Zuerst trafen wir auf ein paar Männer und fragten sie nach einer Bleibe für die Nacht. Sie begegneten uns misstrauisch und abwehrend. Einer erklärte uns schroff, dass man niemanden von dieser Kolonne im Dorf haben wolle. Man befürchtete Ärger. Als ich auf Mar deutete und erwähnte, dass sie dabei sei, ein Kind zu gebären, verwies man uns verlegen auf ein Gebäude am Rande des Ortes. Einige Frauen, die hinzugekommen waren und das mitbekamen, versprachen sogar vorbeizuschauen, um zu helfen.

Wir eilten dorthin und trafen auf eine einzeln stehende Hirtenhütte, einfach, ärmlich, stickig und baufällig. Immerhin gab es ein Dach und am Boden Heu und Stroh.

Ein alter Hirte, der mit ein paar Schafen und Lämmern in einer Ecke kauerte, hieß uns aber willkommen und wies uns einen mit Tüchern und Fellen ausgelegten Flecken auf dem Boden zu. Erleichtert und dankend nahmen wir an.

Kaum hatten wir uns niedergelassen, wurden die Schmerzen Mars heftiger. Sie begann schwer und schnell zu atmen, zu drücken und zu pressen und mit großer, langer Anstrengung und lautem Schreien wurde unser Kind geboren, mit fahriger Hilfe des Hirten, der Geburten bei Schafen kannte und da wohl ab und zu nachhelfen musste.

Ich stand oder kniete die ganze Zeit unsicher und nervös

daneben und konnte Mar nur die Hände drücken, ihr den Kopf halten und den Schweiß von der Stirn wischen. Als zwei Frauen aus dem Dorf kamen, um Mar beizustehen, lag unser Sohn – ja, ein Sohn als Erstling! – schon geborgen in den Armen seiner Mutter, daneben ein paar Schafe mit ihren Lämmern. Für einen Moment war unsere Freude riesengroß und selbst mir rannen ein paar Tränen über die Wangen.

Der Hirte lächelte vergnügt, gab uns Wasser zu trinken, schenkte uns ein Stück Trockenfleisch und ein Fell, und wir richteten uns für die Nacht auf den mit Heu und Stroh gepolsterten Decken ein. Mar und Jes, so nannten wir den Buben, kamen mit der Zeit zur Ruhe, während ich vor Glück einerseits und Sorge andererseits nicht schlafen konnte, da wir morgen mit dem Trupp gleich weiter mussten. Für mich beruhigend war jedoch, dass Mutter und Kind die Geburt überlebt hatten und stark genug schienen, die Reise fortzusetzen.

In der Kolonne hatte sich die Nachricht von der Geburt bereits in der Nacht verbreitet. Der Anführer nahm darauf natürlich keine Rücksicht und drängte wie üblich früh am nächsten Morgen zum Aufbruch. Er hatte uns mit dieser Nachricht einen Boten geschickt, und es blieb uns nichts anderes übrig, als bei den ersten Sonnenstrahlen die Hütte zu verlassen und zu den Männern zurückzukehren. Wir dankten dem Hirten, ohne ihm etwas für seine Hilfe geben zu können, nahmen unsere Sachen auf und zogen mit der Kolonne weiter. Mar noch geschwächt, doch guten Mutes mit Jes im Arm auf dem Esel. Einen Teil unseres Gepäcks packte ein freundlicher Kollege auf ein Maultier, das er führte.

Trotzdem konnten wir in den nächsten Tagen nur am Ende des Zuges mithalten. Und weil wir mehr Pausen einlegen mussten, kamen wir am Abend meist einige Zeit verzögert an den Ruheplätzen an, mit Hilfe weiterer Kollegen, die versuchten, während des Marsches unsere Verbindung mit dem Haupttross aufrechtzuerhalten. Mar ging es stetig besser, und der kleine Jes schien sich in ihren Armen wohlzufühlen. Ich war insgeheim glücklich und stolz, auch wenn ich es nach außen nicht zeigen konnte oder wollte. Dennoch sah man mir dies offenbar an, wie ich aus Blicken und Gesten von anderen lesen konnte, obwohl mir die Strapazen der Reise ebenso zusetzten und mich Sorgen über die Zukunft drückten. Selbst unser Anführer, dem ich die Erlaubnis abgerungen hatte, Mar mitnehmen zu dürfen, schien mir einmal wie beiläufig ermunternd zuzunicken.

Ein paar Tage später, wir hatten gegen Abend unsere Zelte aufgeschlagen, hörten wir erstaunte Rufe. Wir durften unsere Unterkunft zu unserem Schutz jetzt am Rande des freien Platzes in der Mitte des Lagers aufschlagen, und als ich hinaustrat, sah ich in einer Zeltgasse eine Gruppe unserer Männer herbeilaufen. Sie gestikulierten aufgeregt und redeten laut durcheinander. Hinter ihnen oder gar in ihrer Mitte erkannte ich außerdem einige Kamele mit Reitern, die vornehm gekleidet waren. Langsam, und nach rechts und links nickend oder grüßend, ritten sie, umgeben von immer mehr unserer Männer, in das Lager ein.

Als sie den Platz erreichten, trat ihnen unser Anführer entgegen und hieß sie mit einer tiefen Verbeugung willkommen. Die Reiter hielten die Tiere an, ließen sie niederknien und stiegen ab. Aus dieser fremden Gruppe lösten sich drei und erwiderten in würdiger Geste dem Anführer den Gruß. Diesem Auftreten, der vornehmen Kleidung und der sonstigen Ausstattung zufolge, schienen mir das bedeutende, edle Herren mit ihrem Gefolge zu sein, allerdings von weit her, aus uns fremden Gegenden.

Nach einem kurzen und freundlichen Wortwechsel mit unserem Anführer, befahlen die Herren ihrer Dienerschaft, an einer zugewiesenen Stelle innerhalb des freien Raumes nun ihre Zelte zu errichten, die genauso kostbar aussahen. Rasch wurde ein wertvoller Teppich ausgebreitet, auf den sich die Drei und nach deren Aufforderung unser Kolonnenführer niedersetzten, und man begann, höflich miteinander zu sprechen. Die Diener trugen Gebäck auf, und unsere Leute brachten Wasser, Wein und frisch gebratenes Fleisch dazu.

Die Männer unserer Kolonne umringten die Sitzenden, und um selbst mitzubekommen, was gesprochen wurde, trat ich näher heran und mischte mich unter meine Kollegen.

Nach dem üblichen Höflichkeitspalaver berichtete unser Anführer, was wir für eine Truppe seien, wohin wir zogen, und was wir zu tun haben würden. Die Herren zollten mit Ausrufen der Bewunderung dem Großherrscher und unserer Gruppe ihren Respekt und ergriffen danach selbst das Wort, mal der eine, mal der andere, während der Dritte schwieg.

Und ich meinte herauszuhören, dass sie von weit her aus dem Osten kämen, Sterndeuter seien und auf dem Weg zur Großen Stadt. Wie jedes Jahr um diese Zeit, wenn die Sonne sich aus ihrem Tiefpunkt erhebe, habe der Statthalter sie zu sich gerufen, um ihm aus den Sternen die Zukunft zu lesen. Hier neigte unser Anführer seinen Kopf, um den Herren und von Ferne dem Statthalter seine Hochachtung zu erweisen und forderte uns Männer mit einer Geste auf, ihm das nachzutun. Wir verneigten uns alle, die einen tief, die anderen weniger, was in der Menge nicht auffiel.

Das allgemeine Palaver wurde fortgeführt, und ich war schon dabei, zu Mar und Jes zurückzukehren, als ich einen lauteren und erstaunten Ruf vernahm. Ich drehte mich wieder zu der Gruppe um und sah, dass unser Anführer aufgestanden war und über die Männer hinweg auf mich deutete. Ein Kollege raunte mir zu, der Vormann habe beiläufig erwähnt, dass ausnahmsweise eine Frau mitzöge, und sie habe vor ein paar Tagen ein Kind, einen Jungen, einen Erstling geboren. Die Herren hätten sich überrascht gezeigt – das war der Ruf – und nach dem Vater und dem Kind gefragt. Und jetzt müsste ich mich zeigen, ermunterten die Kameraden mich.

Ich war erstaunt, fühlte mich plötzlich scheu und doch stolz. Man öffnete vor mir eine Gasse zum Teppich hin, und weil ich nicht mehr ausweichen konnte, ging ich zögernd darauf zu. Mit einer tiefen Verbeugung grüßte ich die Herren ehrfürchtig, dankte dem Anführer mit einem Nicken und wusste nicht, was ich sagen oder weiter tun sollte. Ich muss recht verlegen ausgesehen haben. Und als einer der Sterndeuter aufstand und einen Schritt auf mich zukam, wich ich erschrocken zurück.

Er lächelte mich aber freundlich an und fragte, ob er und seine zwei Begleiter das Kind, den Jungen, kurz sehen und begrüßen dürften. Ein neugeborenes Kind, vor allem ein Sohn, sei in diesen Tagen der langen Finsternis und der wiederkehrenden Sonne ein glückliches Ereignis und ein gutes Zeichen für das Neue Jahr und die kommende Zeit.

Natürlich stimmte ich, tief gerührt, sofort zu und wies den Herren durch eine Gasse der Männer den Weg zu unserem Zelt. Da es zu dunkeln begann, waren ein paar Fackeln angezündet worden. An unserer Unterkunft angelangt, ging ich zuerst hinein, um Mar vorzubereiten und bat danach die Herren einzutreten. Es kam allerdings immer nur einer, entweder, weil ihnen das Zelt zu klein schien oder um Mutter und Kind nicht zu sehr zu beunruhigen. Jeder verbeugte sich ehrfürchtig und freundlich vor Mar und dem neuen Leben und murmelte ein paar Worte in einer Sprache, die ich nicht verstand.

Der erste ließ einen Klumpen duftendes Wachs für die Laterne zurück, der zweite ein wertvolles Krüglein mit kostbarem Öl. Der dritte Sterndeuter nickte mir beim Hinausgehen zu und deutete mir an, mit vors Zelt zu kommen. Draußen neigte er sich nah zu mir hin und flüsterte mit ernster Miene geheimnisvoll, wir sollten gut auf das Kind aufpassen, uns möglichst mitten im Schutz der Kolonne aufhalten und wachsam bleiben.

Als ich ihn überrascht und fragend ansah, fuhr er besonders leise fort: Während er vor dem Zelt gewartet und seiner Gewohnheit gemäß den rasch dunkler gewordenen Himmelsraum betrachtet habe, sei ihm ungefähr über unserer Unterkunft in mittlerer Höhe ein Stern aufgefallen. Er habe ihn bisher nie oder in dieser Stellung noch nie gesehen, und er befürchte, dass dieses Himmelslicht auf ein dunkles Geschehen oder eine gefährliche Zeit hindeuten könnte. Er legte mir kurz eine Hand auf die Schulter, steckte mir eine Münze zu und ging eilig zu seinen Leuten zurück.

Wenn ich mich recht erinnere, erschrak ich in diesem Moment heftig und blieb eine Weile wie verstört stehen. Als ich jedoch aus dem Zelt Jes schreien und Mar singen hörte, überkam mich ein warmes Gefühl, die Beklemmung fiel wie von mir ab, und ich trat zu ihnen hinein.

Am nächsten Tag brachen wir früh zur Weiterreise auf. Die Herren waren ebenfalls dabei, ihre Zelte abzubauen und ihres Weges zu gehen. Nach einer glücklichen Nacht und in der Geschäftigkeit des Abmarsches, hatte ich die kurze Unterredung mit dem Sterndeuter und dessen Botschaft fast vergessen. Mar und ich waren erfüllt von der Huldigung dieser drei Kundigen, freuten uns über die Gaben, widmeten uns aber neben den alltäglichen Erfordernissen und Aufgaben unserem Sohn unwillkürlich etwas aufmerksamer.

Nach langer und beschwerlicher Reise erreichten wir alle, ohne große Zwischenfälle und gesund, den Breiten Fluss, wo ich mit der ganzen Kolonne für lange Zeit schwere, immerhin gut belohnte Arbeit auf den Werften und sonstigen Anlagen im Umland zu leisten hatte. Da wir Fremde waren, wurden wir von den alteingesessenen Bewohnern dieses Landes meist gemieden oder misstrauisch beobachtet. Andererseits gehörte dieses Gebiet zum Machtbereich des Großherrschers, so dass wir geduldet und nicht angefeindet wurden, zumal an vielen Orten Soldaten stationiert waren.

Die Männer unseres Bautrupps hausten in Schilfhütten am Strom nahe der Werft und dem Hafen. Mar und ich lebten mit Jes nicht weit von einem Dorf am Fluss entfernt in einer ähnlichen Unterkunft, in der wir drei alleine wohnen durften. Als Mutter erfuhr Mar von anderen Frauen sogar Unterstützung, Rat und Hilfe, als Vater eines Sohnes begegnete man mir gleichfalls mit einigem Respekt, und so lebten wir leidlich sicher und litten keine wirkliche Not.

Da ein Ende dieser Arbeiten und dieses Vorhabens nicht abzusehen war, und neue Aufträge und Arbeitsfelder hinzukamen, stellten wir uns mit der Zeit darauf ein, sehr lange oder für immer hierbleiben zu müssen. Wir hatten bemerkt, dass die Hoffnung auf baldige Heimkehr ebenso zermürben konnte. Mar war seit der Geburt unseres Sohnes trotz all der Strapazen aufgeblüht und kümmerte sich rührend um ihn. Er wuchs behütet auf und fühlte sich nicht fremd, vor allem weil er Kontakt zu anderen Kindern des Ortes fand und ganz nebenbei deren Sprache lernte. Weil er unser Land nicht kannte, war er hier zu Hause. Ich hatte jeden Tag von morgens bis in die Dämmerung hinein viel zu tun, konnte allerdings am Abend, wenn auch erschöpft, zu einer glücklichen Frau und einem munteren Knaben, meinem, unserem Sohn zurückkehren.

Nach Jahren schwerster Arbeit wurde eines Tages doch davon gesprochen, dass der Auftrag demnächst erfüllt sei, und wir nach Hause aufbrechen würden. Im Nu verbreitete sich eine gute Stimmung, und tatsächlich kehrten wir bald nach dieser Botschaft mit der Kolonne in unser Land zurück.

Wir hatten vor, wieder in der Nähe der Großen Stadt zu siedeln, in dem Dorf, bei dem Jes geboren worden war. Dort wurde uns nach einigen Erkundigungen vom Ältesten des Dorfes ein baufälliges, leerstehendes, bescheidenes Haus gezeigt. Die Bewohner seien vor langer Zeit weggezogen und niemand habe sich seither darum gekümmert. Das könnten wir haben. Es glich ein bisschen jener Hirtenhütte, die inzwischen abgebrochen worden war. Aber dankbar nahmen wir an, und nach und nach setzte ich das Haus in Stand. Ein paar Bewohner konnten sich an die Geburt unseres Sohnes beim Hirten erinnern, und so wurden wir freundlich aufgenommen.

Im Umfeld der Großen Stadt gab es für mich weiterhin gute Arbeitsmöglichkeiten mit zum Teil sogar besseren Löhnen als in den Jahren vor unserem Auszug. Ein neuer Statthalter war vor einiger Zeit eingesetzt worden. Die Stadt wurde beständig erweitert, verschönert, mit herrschaftlichen Anwesen, militärischen Befestigungen ausgebaut und mit Kultstätten für die Götter der Herrschenden und Vergnügungsorten für das gemeine Volk, das bei Laune gehalten werden sollte.

Und Jes? Seine Heimat war eigentlich das untere Land am Breiten Strom, obwohl er hier geboren worden war. Trotzdem fand er als aufgeweckter Knabe erneut schnell Anschluss an die Jugend des Ortes, und wir Eltern erlebten anfangs das mit ihm, was man mit einem Jungen dieses Alters erlebt.

Dann allerdings begann eine Zeit, in der wir uns zu fragen begannen, was aus ihm werden sollte. Natürlich half er mir, als er kräftig genug war, regelmäßig in meiner Werkecke im Hof bei verschiedenen Arbeiten, die ich zu Hause ausführen oder vorbereiten konnte. Später war er ab und zu als Handlanger auf einer Baustelle dabei. So richtig schien ihn das Handwerk indes nicht zu interessieren. Ebenso wenig ging er auf andere Vorschläge ein, etwa beim Schmied oder Krämer mitzuarbeiten und deren Fähigkeiten zu erlernen, oder an Transporten seines Großvaters teilzunehmen und in dem Gewerbe Erfahrungen zu sammeln. Und tatkräftig anzupacken und eine Arbeit längere Zeit durchzuhalten, war auch nicht seine Sache. Von seiner Statur her hätte er das sicher gekonnt. Mehr interessierte ihn offenbar das, was er jeweils an einem Tag in der Woche bei einem Gelehrten des Tempels lernte: schreiben und lesen. Mar und ich konnten das nicht und hatten deshalb nach unserer Rückkehr beschlossen, ihn regelmäßig dorthin zu schicken. Er sollte alles, was unser Land, unser Volk an Fertigkeiten und Wissen hervorgebracht hatte, und insbesondere die Heiligen Schriften, kennenlernen und in die Handlungen und Gebete im Tempel eingewiesen werden.

So saß er oft scheinbar verträumt vor dem Haus, anstatt

mir zu helfen oder mit anderen Jungen zusammen zu sein. Doch er beobachtete das Geschehen im Umfeld genau, sprach Vorbeigehende an, und nicht selten blieb jemand stehen und hörte ihm eine Weile zu, obgleich er noch fast ein Kind war. Manchmal streunte er etwas ziellos umher, ohne aufrührerisch oder auffällig zu wirken, wie man uns auf Nachfragen bestätigte. Oder er kniete bei seiner Mutter vor der Ecke, die sie sich wieder eingerichtet hatte. Er betete stumm oder murmelte versunken Worte oder Sätze aus den Heiligen Schriften vor sich hin. Mar streichelte ihm dabei zärtlich über den Kopf und schien mit ihm in besonderer Weise verbunden.

Eines Tages sah ich im Vorbeigehen, dass über dem Tontäfelchen von Mar ein zweites hing. Auf ihm war in gleicher Weise ein Dreieck leicht eingraviert, jedoch mit einer Ecke nach oben. Ich vermutete, dass Jes das angebracht hatte und begann zu ahnen, dass sich im Geiste zwei gefunden hatten.

Mar und ich mochten uns weiterhin. Trotzdem blieb Jes unser einziges Kind und erhielt von ihr und auf meine Art von mir viel Zuwendung und Verständnis. Nur konnte ich kaum zeigen, wie mir zumute war.

Der gleichförmige Alltag mit dem Ringen um das tägliche Brot bestimmte überwiegend unser Leben, und ich kann mich an Einzelheiten dieser Zeit nicht erinnern, außer an ein Ereignis.

Jes muss da schon geweiht gewesen sein. Auf jeden Fall war er ein kräftiger junger Bursche.

Es war gegen Abend. Ich war ausnahmsweise früher zu Hause als gewöhnlich und hatte soeben ein paar Holzscheite neben dem Herd aufgeschichtet. Plötzlich kam Jes außer Atem und erhitzt ins Haus gestürzt – er musste eine weite Strecke gerannt sein – warf sich vor den Tontäfelchen in der Ecke auf den Boden und rief stammelnd: »Oh HERR, oh HERR«, »Erbarmen, Hilf ...« und ähnliches.

Mar war sofort bei ihm, kniete zu ihm nieder und versuchte, ihn mit Streicheln und Worten zu beruhigen. Ich stand erstaunt, zugleich hilflos daneben und wusste nicht, was tun. Da vernahm ich Stimmen vor dem Haus, ging hinaus und traf auf eine Gruppe junger Männer, sicher ein Dutzend. Sie redeten laut und gestikulierten aufgeregt. Keines der Gesichter war mir bekannt. Vermutlich kamen sie aus der Stadt.

Ich sprach sie an, und als sie mich bemerkten, verstummten sie, und ich fragte, warum sie gekommen seien und was geschehen sei. Einer trat hervor und berichtete. Jes sei in den Tempel gekommen, um zu beten, und habe sich im hinteren Teil niedergelassen. Ein Gelehrter habe aus der Heiligen Schrift vorgesungen und einiges, an die Zuhörer gewandt, erklärt. Auf einmal habe Jes den Kopf gehoben, sei aufgestanden und habe angefangen, mit ausgebreiteten Armen gegen den Ehrwürdigen zu sprechen, ja, aufzubegehren. In der Art würden Jungen, erklärte der Sprecher, in diesem Alter allenfalls den Eltern in einem Anfall von Wut oder Trotz entgegentreten, wenn sie sich das überhaupt getrauten. Aber im Haus des HERRN habe man das bisher nie erlebt, und der Auftritt Jes' habe den Lehrer und die zahlreichen anderen älteren Männer ziemlich aufgebracht. Sie hätten sich ebenfalls erhoben, seien geschlossen auf Jes zugegangen und hätten ihn mit lautem Gebrüll und Geschrei aus dem Tempel getrieben. Man habe gegen ihn ausgespuckt und, wenn er nicht schnell, geduckt und Haken schlagend geflohen wäre, hätte man ihn verprügelt.

Sie hätten das alles mitbekommen, und das, was Jes gesagt habe, begeistert aufgenommen, so wenig es auch gewesen sei. Es habe irgendwie neu und aufregend geklungen, nicht unbedingt den Heiligen Schriften, Geboten und Auslegungen der Gelehrten entsprochen und sich in Windeseile von Mund zu Mund verbreitet. Um mehr zu hören, seien sie ihm gefolgt. Im Tempel solle er sich auf jeden Fall eine Zeit lang nicht mehr sehen lassen. Man würde ihm am Tor auflauern, ihn festhalten und vor den Ältestenrat führen wollen, um ihm eine gehörige Lektion zu erteilen.

Als ich das gehört hatte, ergriff mich selbst ein Zorn wegen Jes' unmöglichem Verhalten. Was hat ein Junge in seinem Alter, und sei er schon geweiht, gegen die weisen Männer und Gelehrten im Tempel vorzubringen?! Wie kam er dazu, dort überhaupt das Wort zu ergreifen und irgendetwas daherzureden! Das erschien mir ungeheuerlich und war für mich geradezu frevlerisch, auch wenn ich selbst kein regelmäßiger Tempelbesucher oder frommer Beter war. Das gehörte sich nicht, verstieß gegen alle Ordnung und heiligen Regeln und konnte deshalb unmöglich gut sein.

Mit einiger Wut drehte ich mich um und ging zum Haus zurück. Im Vorbeigehen ergriff ich einen zufällig neben der Haustür liegenden Stock. Obwohl das nicht meine Art ist, und Jes ein umgänglicher, eher scheuer Junge war, wollte ich ihm in diesem Fall einmal eine Tracht Prügel verabreichen. Er sollte für diesen frechen, unheiligen Auftritt von mir, seinem Vater, spürbar bestraft werden, und ich hoffte, die Erinnerung an diese Schläge würde ihn in Zukunft von solchen Eskapaden abhalten.

Ich betrat den Raum, wo er nach wie vor wimmernd am Boden hockte, und von Mar gehalten oder getröstet wurde, hörte jedoch erneuten Tumult auf der Straße. Das hielt mich davon ab, Mar sachte beiseite zu ziehen und auf Jes loszugehen. Ich kehrte um und sah, dass sich die Menge vor unserem Haus vergrößert hatte. Es waren nun zwei Gruppen, die wild mit Händen und Armen fuchtelten und aufgebracht aufeinander einredeten. Sie standen sich nahezu feindlich gegenüber: Links von mir die jungen Leute von vorher und rechts jetzt, wie ich an den Gewändern erkannte, eine Schar Gelehrter und ehrwürdiger Ältester. Offenbar waren sie Jes gleichfalls gefolgt, um ihn tatsächlich zu fassen und zur Rechenschaft zu ziehen. Durch lautes Rufen versuchte ich, Ruhe zu bewirken, was mir nach einiger Zeit gelang und die Blicke der Gruppen auf mich zog. Allerdings wichen beide in dem Moment, als sie zu mir hinschauten, erschrocken zurück, und stoben, jede in eine andere Richtung aufgebracht davon, wobei ich einige drohende Worte vernahm, ohne heraushören zu können, wem sie galten, der jeweils anderen Gruppe oder mir.

Überrascht stand ich da, bemerkte den Knüppel in meiner Hand und begriff, dass ich während meines Rufens heftig mit ihm gestikuliert habe musste.

Ich erschrak über mich. Was hatte ich womöglich zusätzlich angerichtet? Meine Wut wich einer Beklemmung. Immerhin hatte ich die Leute, insbesondere die Ehrwürdigen, so mussten sie das erlebt haben, mit einem Knüppel bedroht. Das verstieß genauso gegen alle heiligen Gebote, wie der Auftritt Jes' im Tempel. Niedergeschlagen zog ich mich ins Haus zurück, wo Jes mit Mar in der Ecke kniete und mit leiser Stimme zu ihr sprach. Ich setzte mich müde neben den Herd, um mich zu beruhigen und zu klaren Gedanken zu kommen.

Nach einer Weile trat Mar zu mir und kauerte sich neben mich. Sie legte eine Hand auf meine Schulter, wandte sich mir zu und sagte leise: »Du musst ihm verzeihen, er hat nichts Falsches getan und vorgetragen. Er verkündet im Namen des HERRN! Des WAHREN Herrn! Die Worte haben ihn ereilt und wie von alleine aus ihm gesprochen. Er konnte sich nicht dagegen wehren und ist selbst erschrocken. Wir müssen ihn lassen, ihn in Ruhe und – IHM folgen lassen, so weh das tut, vor allem mir, seiner Mutter.«

Erschöpft wie ich war, hörte ich ihr zwar zu, verstand aber nicht. Er ist ein einfacher Junge, dachte ich, gerade alt und kräftig genug, um mir da und dort zu helfen. Und er ist ebenso mein, er ist unser Sohn, der Sohn gewöhnlicher Leute! Warum sollte er IHM folgen müssen und was hieße das?

Es war nur Mars feine, ruhige Stimme, die bewirkte, dass ich zur Ruhe kam und nicht tiefer ins Grübeln geriet. Sie streichelte meine Wange und zog sich wieder zurück.

Jes war währenddessen auf den Tüchern in der Ecke eingeschlafen.

Als ich nach einiger Zeit aufstand, um zu unserer Bettstatt zu gehen, fiel der Knüppel, den ich beim Niedersitzen unwillkürlich auf meinen Schoß gelegt hatte, zu Boden. Ich hob ihn auf und ging nochmals vor die Tür, um ihn zurückzubringen. Es war bereits dunkel geworden, und aus einem Augenwinkel bemerkte ich links von mir an der Hauswand meines Nachbarn eine hastige Bewegung, schattenhaft wischte eine Gestalt in langem Gewand um die Ecke davon und verschwand in einer Gasse. Ich rief ihr nach, bekam natürlich keine Antwort, und es drängte sich mir der Verdacht auf, dass unser Haus beobachtet wurde. Entweder von denen, die Jes' Worte begeistert aufgenommen hatten, da sie ihm vielleicht auf diese Weise nahebleiben und sich zu ihm gesellen wollten, wenn er das Haus irgendwann verlassen würde, oder aber die Gelehrten und deren Helfer versuchten, ihn insgeheim im Auge zu behalten, um seiner habhaft zu werden, sobald er sich zeigen würde.

Ich verharrte eine Weile, und als es ruhig blieb, legte ich den Stock neben die Türe, und leicht verängstigt und in Gedanken, ob das sogar Folgen für mich selbst haben würde, ging ich hinein. Mir blieb für diesen Tag jedoch nichts anderes übrig, als mich schlafen zu legen und abzuwarten, was die nächste Zeit bringen würde.

Sie verging indessen unauffällig, obwohl in unserer Umgebung mehr getuschelt wurde, was uns allerdings nicht bedrohlich erschien. Meiner Arbeit konnte ich überall ungehindert nachgehen. Jes blieb meist im Haus, mied auf jeden Fall die Stadt und vor allem den Tempel. Gebetet hat er in kleineren Gebetshäusern in der Umgebung oder an geweihten Stätten im Freien. Die heiligen Handlungen waren ihm wichtiger denn je, und die Schriften konnte er inzwischen gut entziffern, da er bis zu dem Auftritt im Tempel unterrichtet worden war. Einige Stellen trug er in der Ecke im Haus auswendig vor, manchmal sang er mit voller, heller Stimme Loblieder und hörte sich an wie ein Gelehrter. Da und dort half er seiner Mutter und erledigte für mich den einen oder anderen Handgriff in unserer Werkecke hinter dem Haus. Wir bemerkten nur, dass er in sich gekehrt blieb.

Danach verging Jahr um Jahr wie gewohnt. Auch an jene Zeit habe ich keine genaueren Erinnerungen. Ich war sicher viel unterwegs und nahm kaum wahr, was Jes trieb. Lediglich ein Geschehen ist mir gegenwärtig geblieben. Es war ein paar Jahre nach jenem Aufruhr, als Jes und ich zum ersten Mal heftig in Streit gerieten.

Er besuchte den Hohen Heiligen Ort wieder regelmäßig. Da er mittlerweile zum Mann herangewachsen war, längere Haare trug und sich ein zarter Bart zeigte, fürchtete er nicht mehr, erkannt zu werden. Er hielt sich im Hintergrund, passte sich an und hütete sich, im Tempel aufzufallen.

Es war gegen Abend, und ich stand mit einem Nachbarn, der zufällig vorbeigekommen war, vor dem Haus, um ein paar Worte mit ihm zu wechseln. In jener Jahreszeit brannte die Sonne unerträglich heiß. Ausnahmsweise war ich früher nach Hause gekommen, weil ich vor Sonnenaufgang zur Arbeit an einem Bau für den Statthalter im oberen Bezirk der Stadt losgezogen war.

An den drei Tagen zuvor hatte unser Volk ein großes Fest gefeiert. Die Herrschenden nehmen darauf wenig Rücksicht. Ihre Pläne und Vorhaben und deren rasche Umsetzung haben Vorrang. Und wenn man, wie ich und viele andere unseres Volkes, damals von ihnen für die Errichtung dieses Gebäudes verpflichtet worden war, mussten wir auch an jenen Hohen Tagen arbeiten.

Jes kam kurz nach mir, das war mein Eindruck, übermüdet und trotzdem aufgekratzt heim und fand mich plaudernd vor.

Er blieb, ohne den Nachbarn zu beachten, erregt vor mir stehen und sprach mich in hohem Ton an: Ob ich gar nichts für IHN übrig hätte, für den WAHREN HERRN. An keinem der Festtage habe er mich im Tempel gesehen, warf er mir vor. Er habe sich oft nach mir umgeschaut. Die Mutter sei im Bereich der Frauen zu allen wichtigen heiligen Handlungen dagewesen. Als man zum Großen Festmahl zusammengekommen sei, habe er sie gefragt, wo ich bliebe. Sie habe geantwortet, ich sei beschäftigt und würde kommen, wenn ich fertig sei. Überzeugt habe ihn das nicht. Vermutlich habe sie es selbst nicht geglaubt. Ihre Antwort sollte ihn, Jes, nur beruhigen. Ob ich nicht endlich auch IHM meinen Dienst, meine Verehrung, meinen Gehorsam bekunden wolle. Vor allem IHM, wenigstens an diesem Hohen Fest. IHM, dem VATER aller, dem HERRN über alle, dem ALLMÄCHTIGEN, IHM, der größer und höher sei als alle Herrscher dieser Welt!

Seine Stimme überschlug sich jetzt fast, und ich zuckte innerlich zusammen. Beschämt stand ich da, auf offener Straße bloßgestellt vor meinem Nachbarn durch meinen eigenen Sohn, gedemütigt insbesondere vor IHM, DEN ich selbstverständlich ehrte, aber auf meine eigene Art. In mir meldete sich das schlechte Gewissen, ein Gefühl der Schuld stieg in mir auf. Das wurde nur zum Teil gemildert durch die Tatsache, dass unsere Herrscher die Fest- und Ruhetage unseres Volkes zwar dulden, jedoch nicht als Anrecht anerkennen. Wir konnten, ich habe es schon erwähnt, jederzeit zu Arbeiten herangezogen werden, wenn sie uns brauchten, und wir mussten diese annehmen, um unseren kargen Lebensunterhalt zu verdienen.

Ob Jes klar war, oder er mindestens eine Ahnung davon hatte, wie ausgeliefert und hin- und hergerissen ich war, weiß ich nicht mehr.

DER Vater schien ihm immer näherzukommen und bereits näher zu sein als ich, sein wirklicher Vater. Und ob ER meine Situation und die Verhältnisse der meisten unseres Volkes eingehend kennt oder berücksichtigt, kann ich noch weniger einschätzen, heute nicht, und ich konnte es damals nicht. Sind SEINE Wege wahrlich unergründlich, und stehen wir in jedem Fall in SEINER Schuld von Anfang an und in alle Ewigkeit? Dies jedenfalls lehren uns die Heiligen Schriften und predigen deren Hüter, die Gelehrten, seit Urzeiten.

Nach diesen aufbrausenden und vorwurfsvollen Worten, die hart auf mich einschlugen, wandte Jes sich brüsk ab und ging in heftiger Erregung ins Haus. Eine Erklärung wollte er von mir offenbar nicht hören, und ich wollte oder konnte ihm in der Situation keine geben. Zu überrascht und betroffen war ich von seinem Auftreten und seinen Vorhaltungen.

Nur Mar zeigte mir ein gewisses Verständnis und versuchte, mich zu trösten, als ich später beelendet und langsam hereinkam. Sie lehnte ihren Kopf an meine Brust, ohne etwas zu sagen, und so verharrten wir eine Weile. Schließlich trat sie zurück, drückte flüchtig meinen Arm, wandte sich ihrer Ecke zu und kniete neben Jes nieder, der sich dort zu Gebeten in innigem Ton niedergelassen hatte.

Und abermals meinte ich zu spüren, dass sie ihm näher war als mir.

Nach jener Auseinandersetzung streifte Jes häufig umher, blieb ab und zu mehrere Tage lang weg. Er gab vor, sich mit Freunden zu treffen oder gewisse Heilige Stätten unseres Volkes zu besuchen. Man konnte nichts dagegen haben, da er oft mit Geld oder Lebensmitteln nach Hause kam und uns glaubhaft vermittelte, dass er alles redlich verdient oder erworben habe.

Unbedingt zu vermeiden versuchte er allerdings Begegnungen mit Gruppen von Soldaten, die in jener Zeit unregelmäßig und unvorhergesehen in die Orte kamen. Er fürchtete sich geradezu davor. Obwohl es im Land im Allgemeinen weiterhin ruhig war, brauchte der Großherrscher unablässig neue Soldaten, um sein weit ausgedehntes Reich in Ordnung zu halten, die langen Grenzen zu sichern oder Aufruhr von Stämmen oder Völkern in eroberten Regionen eindämmen zu können.

Diese Trupps hatten es darauf abgesehen, auch junge Männer unseres Volkes einzuziehen. Entweder geschah dies gezielt, dann liefen die Einheiten von Haus zu Haus, um solche Burschen aufzuspüren, oder sie ergriffen diese spontan, wenn sie den Kriegsknechten zufällig begegneten.

Jes wagte sich deshalb nicht mehr in die Große Stadt, nicht einmal in den Tempel, da Soldaten mittlerweile allgegenwärtig waren. Seine täglichen Gebete, die ihm immer wichtiger zu werden schienen, verrichtete er wie früher in kleinen Gebetshäusern umliegender Dörfer. Er hatte sich sogar Gedanken darüber gemacht, auf welchen Pfaden er sich aus unserem Ort und von zu Hause ungesehen wegstehlen könnte, wenn solche Gruppen durch die Siedlungen zogen, um junge Männer zu finden. Umgekehrt konnte er auf diesen Schleichwegen genauso unbemerkt zu uns finden und überraschend vor uns auftauchen, während wir um das Haus herum beschäftigt waren.

Und eines Tages haben wir das tatsächlich erlebt. Ich arbeitete seit der Morgendämmerung hinter dem Haus in der Werkecke an ein paar einfachen Möbeln für Nachbarn und einen Verwandten. Um die Mittagszeit setzte ich mich für eine kurze Pause, einen Bissen Brot und einen Schluck Wasser auf einen Stein.

Da stand er unversehens vor mir, obwohl ich meinte, die schmalen Zugänge zum Hof im Auge gehabt zu haben. Er schien erregt, ergriff meinen linken Arm und schaute mich eindringlich an.

Erstaunt fragte ich ihn, ob es ihm nicht gut gehe. Nach einer Weile ließ er die Hand von mir ab und blickte ernst zu Boden, erwiderte jedoch nichts. Weil er erschöpft aussah, ging ich ins Haus, füllte einen Becher Wasser aus dem großen Topf neben dem Herd und kam damit zu ihm zurück. Dankend nahm er das Gefäß an und trank es in einem Zug gierig leer. Mit dem Arm wischte er sich den Mund ab, sah mich erneut an und fragte leise, ob ich eine Arbeit für ihn hätte.

Das verwunderte mich, weil er danach bis jetzt nie gefragt hatte. Stets war ich es gewesen, der ihm gebot oder ihn bat, mir zu helfen. Ich überlegte kurz, wies auf ein Brett, das auf der Werkbank lag, und sagte, das gälte es glatt zu hobeln.

Sogleich suchte er sich das entsprechende Werkzeug, legte das Holz fachmännisch zurecht und begann angespannt, doch zügig, fast verbissen zu arbeiten. Er hatte Geschick, es ging ihm gut von der Hand. Ich wusste das und hatte lange insgeheim den Wunsch gehegt, dass er dieses Gewerbe lernen würde. Offen verlangt hatte ich das nie von ihm.

Und so war die Arbeit nach knapp einer Stunde ununterbrochenen Hobelns und Glättens getan. Er legte das Werkzeug beiseite, strich mit einer Handfläche prüfend über das Holz, sagte »Danke«, fasste mir flüchtig an die Schulter und ging ins Haus.

Zögernd folgte ich ihm und sah, dass er sich auf seinen Schlafplatz zurückgezogen hatte, der mit einem Tuch verhängt war. An der Feuerstelle kauerte Mar, knetete in einer Schüssel einen Teig, über ihre Wangen flossen Tränen. Als sie mich bemerkte, schaute sie betroffen und traurig kurz zu mir hoch und – schwieg ebenso. Ihr Blick verriet mir allerdings, dass sie etwas von Jes über dessen Verfassung erfahren haben musste.

Seit dem Tag schien er noch mehr verändert. Er war zwar da, ging seiner Mutter und mir zur Hand, half Nachbarn, gab sich freundlich, redete aber nur das Nötigste. Weiterhin blieb er tagelang weg, kam oft aufgewühlt oder in Gedanken versunken heim, kniete vor der Ecke mit den Tonbildern und grübelte oder betete vor sich hin.

In solchen Stimmungen war er nur für Mar ansprechbar. Ich erreichte ihn nicht. Und wenn ich mich mal ungeduldig zeigte, deutete Mar mir an, ihn zu lassen. Sie »wisse« um ihn, vermittelte sie mir. Er suche seinen Weg im Einklang mit IHM. Ich hatte solche Botschaften schon früher gehört, verstand jedoch nach wie vor nicht.

Eines Tages verließ er das Haus mit dem üblichen kurzen Gruß – und kam sehr lange nicht zurück, blieb länger fort als jemals zuvor. Wir begannen, uns ernsthaft um ihn zu sorgen. Mar verbrachte täglich mehr Zeit vor ihrer Ecke. In mir stieg, trotz großer Beunruhigung, nach und nach auch Zorn auf. Was oder wer trieb ihn an, einfach so davonzulaufen, wenn er vorhatte, lange unterwegs zu sein oder uns, wie wir ahnten, für immer zu verlassen!

Auf den Baustellen wurden meine Axtschläge heftiger als nötig, und meine Kollegen und Helfer schauten mich ab und zu verwundert an. Doch ich konnte meine Wut und Verzweiflung nicht völlig verbergen.

Irgendwann aber, nach vielleicht sieben, neun Monden oder einem ganzen Jahr, erschien Jes urplötzlich in der Abenddämmerung, ohne dass wir gleich erkennen konnten, dass er es war. Mar und ich saßen bei unserem kärglichen Nachtmahl neben der Feuerstelle, als jemand ohne anzuklopfen hereinkam und wie angewurzelt stehenblieb.

Erschrocken sprangen wir auf und wichen aus, weil wir meinten, von einem Fremden überfallen zu werden. Er trug ein zerlumptes, verschmutztes, zum Teil zerrissenes Gewand um einen hageren Leib. Die langen Haupt- und Barthaare waren verfilzt und verlaust. Ein übler Geruch ging von ihm aus, der uns weiter zurücktreten ließ. Notdürftig verdeckten Fetzen und Reste seines Mantels von Erde verkrustete Füße und magere Hände. Und sein Gesicht, soweit wir es durch die wirren Haare davor erkennen konnten – und jetzt ergriff uns das Grauen erst recht – sein Gesicht war stark eingefallen, bleich, von Rissen durchzogen. Einzig die Wangenknochen und das Kinn stachen kantig hervor, und die Augen lagen tief versunken in den Höhlen. Äußerst verstört meinten wir, den Todesboten selbst vor uns zu sehen – oder gar den Leibhaftigen!

So stand diese Gestalt vor uns und stierte uns mit einem leeren Blick einen Moment lang an, der uns wie eine Ewigkeit erschien.

Als Mar sich entsetzt abwandte und ihr Gesicht fest an

mich drückte, hörten wir eine krächzende, fahrige Stimme undeutlich »Mutter« oder »Mar« sagen.

Ich sah, dass diese Kreatur dabei die mageren Arme nach uns auszustrecken versuchte und in dieser Bewegung mit röchelnden Lauten bewusstlos zu Boden sank.

In diesem Moment begriffen wir, dass ein Mensch vor uns stand und in welcher Not er sich befand. Das weckte unser Mitgefühl, wir überwanden unsere Abscheu und rasch knieten wir zu ihm nieder, um zu sehen, wie ihm zu helfen war, oder ob er überhaupt noch lebte – und wurden aufs Neue erschüttert, ja, zutiefst getroffen. Wir erkannten trotz aller Entstellungen in dieser hilflosen und zugleich abstoßenden Gestalt – unseren Sohn! Nein, wir konnten es nicht leugnen: Das war Jes – in einem erbarmungswürdigen Zustand, möglicherweise dem Tode nahe. Jäher Schmerz überwältigte uns und eine Weile waren wir wie gelähmt.

In großer Angst, er könnte in unseren Armen sterben, rafften wir uns schließlich auf und legten ihn auf unsere Bettstatt. Wir nahmen ihm die Lumpen vom Leib und wuschen vorsichtig seinen geschundenen Körper. Die Haut war rau und trocken, und wir mussten zahlreiche Wunden und Narben sorgfältig reinigen, lange Finger- und Fußnägel schneiden, Bart- und Kopfhaare kürzen. Behutsam deckten wir ihn mit sauberen Tüchern zu und konnten ihm mit Mühe ein paar Tropfen Wasser einflößen.

Als wir ihn ruhig atmen hörten, knieten wir uns – jetzt auch ich – verzweifelt und voller dunkler Gedanken vor die Tontäfelchen in der Ecke, um zu beten. Mar verlor fast völlig die Fassung. Zitternd und laut weinend sank sie zusammen. Mir gelang es unter großer Anstrengung einigermaßen beherrscht zu bleiben, obwohl bei mir ebenso Tränen flossen und ich einige Male erschauerte. So verharrten wir die halbe Nacht. Irgendwann dämmerten wir an diesem Ort erschöpft ein.

Jes indes schlief wie erstarrt. Lediglich ein leises Rasseln aus seinem offenen Mund verriet, dass er lebte. Erst am dritten Tag nach seiner Ankunft kam er langsam zu Bewusstsein und begann, sich unsicher und verhalten umzuschauen.

Allmählich schien er zu erkennen, wo er war. Seine Blicke wirkten fragend und erstaunt. Wir gaben ihm zu essen und zu trinken, was er gierig annahm, redeten beruhigend auf ihn ein, und zusehends erholte er sich. Eines Tages blickte er uns direkt und dankbar an, und wir wussten, dass er uns erkannt hatte. Wiederholt ergriff er Mars Arm oder streichelte ihr über das Haar. Manchmal bewegte er den Mund, Worte vernahmen wir noch nicht. Als er aufstehen konnte, seinen Bart ganz geschoren, und Mar ihm seine Haare weiter gekürzt hatte, konnten wir in seinem Gesicht Züge erkennen, die uns vertraut waren. Allerdings war es kantiger, gealtert und wirkte ernst, geradezu streng. Wir waren sehr erleichtert und eine große Freude durchströmte uns, den verloren geglaubten Sohn wiederzusehen, sogar wiederzuhaben, wovon wir fest überzeugt waren.

Als er jedoch etwa zwei Wochen nach seiner Ankunft zu sprechen begann und erzählte, woher er gekommen war, und was er in letzter Zeit erlebt hatte, erstarb diese Stimmung in uns rasch. Abermals befiel uns Entsetzen, ergriff uns kalte Furcht, Angst schnürte uns ein.

Er sei lange, berichtete er, sicher über einen Mond, und allein in der Wüste gewesen, habe in Sand, Hitze und Kälte gelebt, gehungert, gedurstet, schwer gelitten. Das habe ihm jedoch nicht so zugesetzt, wie das, was er im Geiste gesehen habe: Das Ende der Welt als leuchtendes Reich der Gerechten, Berufenen, Erlösten und als finsteren Abgrund für die Sündigen, Verworfenen, Verdammten. Den Leibhaftigen und IHN in ewigem Ringen. Das habe ihn an den Rand des Todes gebracht, dem er – und dabei blickte er mit glänzenden Augen kurz nach oben – nun nicht erlegen sei. Nach dieser Erscheinung sei er voller Grauen geflohen und dank IHM, in den Sinnen getrübt, hierhergelangt. Und jetzt schaute er dankbar zu uns. Nur: Er könne, er dürfe nicht bleiben. Er müsse hinaus auf seinen Weg, und das sei der Weg des HERRN. Es müsse etwas geschehen. Die Welt könne nicht so düster und voller Sünde und Elend bleiben. Die Menschen bräuchten Ermunterung, Erleuchtung, Befreiung, Befreiung im Geiste. Es gebe neue, lebendige Botschaften unmittelbar von IHM, und er werde, nein, er müsse sie verkünden, verbreiten, in alle Welt hinaustragen …

In der Weise redete er eine Zeit lang, und erstaunt hörten wir zu, ohne in dem Moment alles begreifen zu können. Auf jeden Fall klangen diese Sätze überaus bestimmt, kamen hart und grell daher, waren über uns hinweg in die Weite gesprochen und schienen keine Widerrede zu dulden.

Als er zu einem Ende fand, wandte er sich uns persönlicher zu und versicherte in ruhigerem Ton: Wir seien sehr gütig, liebe, fürsorgende Eltern, ER würde es uns danken – und ohne innezuhalten, fragte er nach einem Beutel mit ein paar Stücken Brot, nach einem Schlauch mit Wasser und einem Stab.

Wie benommen blieben wir stumm und gaben ihm beflissen, um was er bat. Seine Worte und Redeweise ließen uns ahnen, dass er von etwas Starkem ergriffen war, und wir sahen keine Möglichkeit, ihn zurückzuhalten. Flüchtig umarmte er uns, zog einen Mantel aus früheren Tagen über und schlüpfte in ein paar Sandalen, die Mar ihm zurecht gemacht hatte. Mit einer Hand deutete er sachte ein Kreuzzeichen vor seiner Brust an und ging grußlos und ohne uns anzusehen hinaus. Es war bereits dunkel, und nach ein paar Schritten war er in der Nacht verschwunden, die mir schneller herangekommen und schwärzer erschien als jemals zuvor.

Mar und ich blieben zurück, erneut vor den Kopf gestoßen. Und es wurde uns schlagartig klar, dass Jes mit diesem jähen Aufbruch endgültig von zu Hause und von uns Abschied genommen hatte. Wir wussten nun, dass er lebte, doch nicht mehr zu uns gehörte.

Mit der Sorge ums tägliche Brot hielten wir uns einigermaßen aufrecht. Mar hatte wohl schon länger geahnt oder auf ihre Art »gewusst«, dass er einmal einen ganz anderen, ungewöhnlichen und unerwarteten, eigenwilligen Weg beschreiten würde. Deshalb konnte sie leichter damit umgehen als ich und fand einigen Trost vor ihrer Ecke mit den Tontäfelchen und durch regelmäßigen Tempelbesuch.

Dazu konnte ich mich nach wie vor nicht durchringen. Ich hatte unentwegt viel zu tun. Das half mir, düstere Gedanken, die Sorge um Jes und all die offenen Fragen nicht zu sehr an mich herankommen zu lassen. Fragen auch an IHN. Und hin und wieder stieg das bittere Gefühl in mir auf, dass unser Sohn mich, seinen Vater, jetzt tatsächlich verleugnet oder verraten – und ER, das brodelte genauso in mir, mich übersehen hatte.

Was uns nicht völlig verzweifeln und in dunkle Gefilde des Geistes fallen ließ: Wir hatten Jes zwar aus den Augen verloren, hörten aber mit der Zeit viel und immer mehr von ihm, im Dorf, auf Baustellen außerhalb oder in der Stadt, wo ich Arbeit fand.

Er wandere, erzählte man uns, im ganzen Land umher, rede, vollbringe da und dort eine gute Tat, predige, lehre, verkünde Worte des HERRN. Die einen, die von ihm berichteten, lobten ihn, sprachen begeistert von seinen Ansichten und Überzeugungen, ja von ungewöhnlichen Handlungen, die sie Wunder nannten. Andere schimpften über ihn, verfluchten ihn, schienen ihn zu hassen. Gerüchte, Hörensagen, Geschichten von überall her. Wem oder was sollten wir glauben?

Einige erzählten von einer Rede oder einem Ereignis mit Jes dies, andere vom gleichen Auftreten jenes, sogar Gegenteiliges. Manche, hörten wir, zögen ihm hinterher, gäben Familie, Haus, Arbeit, Beruf auf. Sie ließen alles stehen und liegen, um ständig bei ihm zu sein, ihn zu unterstützen, zu preisen, ihm zu huldigen, obwohl er – für uns zumindest – ein einfacher Mann war. Mehrmals sei er nahe an unserem Dorf vorbeigekommen, bei uns eingekehrt war er nicht. Er schien uns vergessen zu haben, wie diejenigen, die ihm nachzogen, ihre Angehörigen.

Von was er lebte, sich ernährte, wo er unterkam in den

Nächten, wussten und erfuhren wir nicht. Wenn wir den einen oder anderen, der uns von ihm berichtete, danach fragten, erhielten wir keine Antwort oder man zuckte mit den Schultern. Das schien ihm und diesen Leuten unwichtig. Es ging meist um »Himmelreich«, »Neues Reich«, »Liebe«, »Erbarmen«, »Verzeihen«.

Man erzählte angeregt und beglückt, einige fast entzückt, dass er eine ganz »neue Botschaft« verbreiten würde, unmittelbare Worte des HERRN, eine »gute, frohe Botschaft«, und, wurde betont, sie sei ganz anders als die Predigten, die man bisher im Tempel gehört habe, und bedeutender als die Überlieferungen in den Heiligen Schriften. Und er würde verständlich reden, für das einfache Volk, in dessen Sprache sein Wissen um IHN und die Dinge, seine Gesichte und Ahnungen mit Geschichten aus dem Alltag erklären. Und er sei »der Kommende«, der »neue Prophet«, er würde das Angefangene fortführen, übertreffen, vollenden. Er stünde wahrhaft und bedingungslos im Dienst DES HERRN und verkünde DESSEN Wahrheit neu oder überhaupt erst die Wahrheit.

Er spräche jedoch nicht im Tempel oder anderen Gebetshäusern, sondern im Freien, auf Plätzen, in einfachen Hütten, direkt bei den Leuten. Selbst von einem Boot aus habe er gepredigt. Es seien, als er am Ufer eines Sees gestanden habe, so viele Leute gekommen und hätten zu ihm hingedrängt, um ihn zu hören, er wäre beinahe ins Wasser gedrückt worden. Ein Fischer habe ihn gerade rechtzeitig in sein Boot aufgenommen und sei mit ihm ein Stück weit vom Ufer weggerudert.

Andererseits hörten wir auch, dass er so rastlos sei, weil er von manchen verfolgt oder aus Orten vertrieben werde, wie damals aus dem Tempel. Diese Leute nannten ihn einen falschen Propheten, einen Aufwiegler und Unruhestifter, den man nicht dulden dürfe.

Es war für uns schwer, den zahllosen und unterschiedlichen Berichten verschiedener Leute Glauben zu schenken. Sollte man das überhaupt glauben? Wir konnten nicht nachprüfen, was der Wahrheit entsprach, weil Jes nie da auftauchte, wo wir waren, oder wo ich arbeitete. Und mit den Leuten hinter ihm herlaufen, um selbst zu sehen, was geschah, wollten wir erst recht nicht. Mir erschien all das Gerede zeitweise derart unwirklich, dass ich manchmal unwirsch abwehrte oder dem Erzähler einfach davonlief.

Einmal geriet ich ohne Absicht in einen Streit. Ich stand mit einem Nachbarn zusammen, und wir redeten zuerst über Alltagsdinge. Irgendwann kam er auf Jes zu sprechen und erzählte mir angeblich Neues über ihn. Ein Dritter trat zu uns, hörte sich an, was gesagt wurde, mischte sich ein und erklärte, das stimme überhaupt nicht. Da er lauter gesprochen hatte, um seinen Worten Nachdruck zu verleihen, blieben weitere Leute bei uns stehen. Einer von denen drängte sich vor und schilderte mit ergriffener Stimme, wie er das erlebt habe, als ob er dabei gewesen wäre. Schließlich trat noch einer heran, gestikulierte heftig, schrie empört und ziemlich hitzig, das sei alles falsch und Unsinn. Jes sei in eine Wolke gehüllt gewesen oder auf ihr über dem Erdboden geschwebt. Von dort habe aus ihm ER oder DESSEN GEIST gesprochen, und was »der Kommende«, erfüllt von der Kraft DES HERRN, daraufhin getan habe, sei ein wahres Wunder gewesen. Die anderen drei hatten bereits unterschiedlich über das Geschehen berichtet, jedoch nicht von einem Wunder und nicht von IHM oder DESSEN GEIST gesprochen. Ich war äußerst verwirrt.

Besonders diese Geschichten von Wundertaten setzten mir zu. Nicht nur, weil ich daran nicht glauben konnte und wollte, bis heute kann ich es nicht. Als Zimmermann war und bin ich mir sicher, dass ein Balken ein Balken ist, über den nicht gestritten werden und den man nicht zugleich als Splitter, als Brett oder als Latte sehen kann. Sollte Jes also einen Balken einen Balken genannt haben, kann niemand erzählen, er habe von einem Splitter gesprochen oder einem Brett. Und wenn er über dem Erdboden war, dann mit Hilfe einer Leiter oder mit Klettern auf einem Dach oder einem Baum. Das war das eine.

Es war mir ebenso wenig geheuer, dass Jes gerühmt, geehrt, verehrt wurde und den Leuten wie ein Heiliger, geradezu als ein Göttlicher oder ein Gotteskind erschien, wie einige behaupteten. Einen Menschen so zu vergrößern oder zu erhöhen, kam mir ziemlich frevelhaft vor und konnte vor allem IHM nicht gefallen. Ganz davon abgesehen kam es dem gleich, was die Herrschenden mit ihrem Großherrscher taten oder tun mussten und vom Volk, auch von unserem, verlangten: Ihn göttlich zu nennen oder ihm als Gott zu huldigen.

Auf der anderen Seite bemerkten wir, dass es inzwischen genug Leute gab, die Jes schmähten, für die er ein Feind war, die ihn verfolgten und ergreifen wollten, um ihn zu verbannen oder wie einen Verbrecher vor Gericht zu bringen. Das erschien mir genauso ungeheuerlich und ließ mich das Schlimmste für Jes befürchten. Ich wusste jedoch sicher, dass er beides nicht war: weder göttlich noch ein Missetäter oder ein Verbrecher. Er war mein und Mars Sohn, der Sohn eines einfachen Zimmermanns und einer genügsamen Frau. Allein das war gewiss. Und wir hatten ihn mit unseren bescheidenen Möglichkeiten und Fähigkeiten und im besten Glauben, das Richtige zu tun, erzogen.

Allerdings schien tatsächlich das eingetreten, was er mit den starken Worten bei seinem Abschied von uns angedeutet haben mochte: Dass er sich berufen fühle, im Auftrag des HERRN und von IHM inspiriert in der Welt etwas zu bewegen, gar zu ändern. Wir hatten das damals nicht verstanden und konnten kaum ahnen, welche Wirkungen sein Vorhaben entfalten würde. Offenbar ging er jetzt seinen Weg mit diesen Folgen, ganz unabhängig davon, ob all das sich in der Weise zutrug, wie es uns geschildert wurde. Aber ob dieser Weg wirklich im Sinne DES HERRN war? Meine Zweifel blieben.

Was mir darüber hinaus nicht behagte: In gewissen Gegenden, auf Baustellen oder unterwegs, begannen die Leute mir auszuweichen oder Platz zu machen, wenn ich herankam oder irgendwo lief. Viele gaben sich freundlich, nickten mir lächelnd zu. Manche riefen halblaut: »Ja, das ist er! Da kommt er! Sein Vater!«

Es hatte den Anschein, dass man mich erkannte und bestaunte, bewunderte, beinahe ehrfürchtig ansah. Das war ich als einfacher Zimmermann nicht gewohnt, es stand mir keineswegs zu und war mir eher peinlich. Andere folgten mir mit misstrauischen, gar bösen Blicken, tuschelten neben mir her. Einzelne stellten sich mir in den Weg, spukten vor mir aus, schrien »Verräter« oder »Ungläubiger« hinter mir her.

Da ich nun nicht klein bin und stets mein Hauptwerkzeug, diese handliche Axt, bei mir trug, trat man mir nie zu nahe. Ich versuchte bei all diesen Begegnungen unbeteiligt zu wirken, mich nicht verwickeln zu lassen oder zu ereifern. Natürlich brodelte es ab und zu in mir, unabhängig von der Art des Auftretens dieser Leute mir gegenüber. Der Unmut, der in mir aufstieg, richtete sich dabei nicht unbedingt gegen diese Menschen. Er wandte sich, wie ich irgendwann mit einigem Erschrecken feststellen musste, gegen Jes, dessen Wirken diese unangenehmen Folgen für uns, für mich und seine Mutter hatte.

Denn auch Mar litt. Sie wurde einerseits wegen ihres Sohnes gemieden, von gehässigeren Stimmen sogar als Mutter eines Aufwieglers beschimpft. Andere verehrten sie fast wie eine Erhabene, als die Gebärerin eines außergewöhnlichen Kindes, ja, eines von IHM gesandten Auserkorenen.

Beides setzte ihr zu, da man ihr nicht mehr aufrichtig und unbeschwert begegnete. Belastet von diesem zusätzlichen Kummer konnte sie gerade noch das Nötigste für den Alltag tun. Die meiste Zeit lag oder kniete sie weinend vor ihrer Ecke, zunehmend verzweifelt, verbittert wegen solcher Erfahrungen, vor allem jedoch, weil Jes nicht mehr da war und sich von ihr abgewandt hatte.

Allerdings schien mir, dass sie manchmal insgeheim eine stille Freude über ihn und seinen Weg empfand, oder einen verborgenen Stolz. Ich meinte, solche Regungen in ihrem Gesicht aufleuchten zu sehen, wenn er gelobt wurde als herzensguter und hilfsbereiter Mann, der sich um Arme und Kranke, um Kinder kümmere. Sie wirkte in solchen Momenten weniger betrübt, und ihr Blick wurde offener. Mir gegenüber blieb sie aber auch in solchen Stimmungen verschlossen. Und jedes Mal kehrte die Schwere rasch zurück. Es gab keinen Ausweg, wir mussten annehmen, was sich begab.

Nur einmal, entsinne ich mich, lehnte ich mich in jener Zeit in Gedanken gegen diese Ergebenheit auf, und ich überlegte, was zu tun wäre oder geschehen müsste, um Jes gleichsam zurückzuholen. Und eines Tages kam mir die Idee: Vielleicht könnte eine Frau ihn von diesem Weg abbringen, ihn aus diesen Verwicklungen herauslösen und in ein normales Leben führen, ein Leben, wie es seiner Herkunft und seinem Stand entsprach.

Wir Eltern wussten nicht, ob er sich je nach Mädchen umgeschaut oder ob er um eines geworben hatte. Solange er bei uns wohnte, haben wir davon nichts bemerkt. Es kam nie zur Sprache, dass er sich eine Frau suchen wolle, um mit ihr eine Familie zu gründen. Und niemand berichtete uns von solchen Geschichten. Allerdings erzählten auch Frauen begeistert von Jes, wenn sie ihm begegnet waren oder von ihm gehört hatten. Er wich ihnen also nicht aus, wies sie nicht ab. Zu seinem engeren Umfeld gehörten sie sicher nicht. Ihren Männern, Vätern oder Brüdern hätte das nicht gefallen. Ständig bei ihm, hörten wir von allen Seiten, sei ausschließlich eine Schar Männer, die ihm treu ergeben auf Schritt und Tritt folgten oder ihm vorauseilten, um ihn in einem Ort anzukündigen, die ihm von den Lippen abläsen und ihn besonders verehrten.

Lediglich im Zusammenhang mit einer Hochzeit war, wenn ich mich recht erinnere, von einer unmittelbaren Begegnung Jes' mit einer Frau die Rede, wobei er sich ihr zugewandt habe. Er sei zu der Feier eingeladen worden und mit seiner Gruppe hingegangen. Nach dem Trauritual habe er ein paar gute und eher ungewöhnliche Worte zu dem

Brautpaar gesprochen, sich daraufhin verhalten der Braut zugeneigt und – ihr die Füße gewaschen! Das habe natürlich Anstoß erregt, weil es gegen jegliche Gebote und Regeln verstößt und eigentlich jeden Anstand vermissen lässt. Kurz: Es war unerhört! Der Bräutigam habe sich ziemlich überrascht gezeigt und eine abwehrende Haltung eingenommen. Die Gäste hätten sich betreten angesehen. Da die Braut diese Handlung jedoch lächelnd gutgeheißen habe, und Jes gerade wegen seiner besonderen Botschaft eingeladen worden und insgesamt bescheiden und sanft aufgetreten sei, habe man schnell darüber hinweggesehen, zumal man sich das Fest nicht verderben lassen wollte. Und als er während des großen Mahls für mehr Wein gesorgt habe, sei die Sache mit der Waschung bei allen vergessen gewesen.

Nur der Gelehrte, der das Trauritual den Heiligen Schriften und Gesetzen gemäß begleitet habe, sei gleich danach mit grimmigen Blicken fortgegangen, obwohl das sonst nicht üblich ist. Ich dachte damals bei mir – und ich konnte mir ein Schmunzeln nicht verwehren – dass insbesondere ihm das nicht gefallen haben kann. Schon Jes' Anwesenheit muss ihm ein Dorn im Auge gewesen sein.

Was den Wein betrifft, erzählte man uns wieder von einem »Wunder«, einer Art »Wandlung« des Wassers in jenes Getränk. An so etwas wollte ich weiterhin nicht glauben. Ich vermutete, dass es seiner Helferschar gelungen war, von Bauern aus der Umgebung Nachschub beizubringen. Dem Fest, immerhin die große Feier der Vermählung, sollte nicht wegen Weinmangels vorzeitig der Schwung genommen werden. Oder man wollte den Gastgeber nicht bloßstellen, weil der es versäumt hatte, genügend bereitzustellen. Diese Überlegungen behielt ich wohlweislich für mich, weil sie von Jes' Verehrern sicher nicht bestätigt worden wären. Zu fest waren sie von seinen »Wundertaten« überzeugt, wie mir langsam klar geworden war.

Viel mehr erfuhren wir nicht über Jes' Begegnungen mit Frauen. Sie stehen alle unter der Obhut der Väter, Ehemänner oder Brüder. Das war bei Mar und mir nicht anders. Er hätte sich ihnen nicht ohne deren Einverständnis nähern können, oder es hätte Ärger gegeben. Aus all den Berichten meinten wir am Ende herauszuhören, dass er in der Tat kein großes Interesse an ihnen hatte oder sich nicht besonders von ihnen angezogen fühlte. Einmal noch hat uns einer verkniffen zugeflüstert, dass eine Frau versucht habe, sich Jes ungebührlich zu nähern. Als wir nicht näher darauf eingingen, wandte sich der Mann schnell verlegen ab.

Langsam begann ich zu begreifen, dass meine Familie, mein Geschlecht sich nicht fortpflanzen würde. Ja, mein Erstgeborener würde zugleich der Letzte meines Stammes sein.

Aus jener Zeit der vielen Geschichten, Behauptungen und Gerüchte, die uns über Jes zu Ohren kamen, ist mir nur ein Ereignis als wahrhaftig geschehen in Erinnerung geblieben, weil wir es selbst erlebten und es für uns verstörender war, als all das, was wir sonst über ihn gehört hatten.

Ich war auswärts auf einer Arbeitsstelle und Mar allein zu Hause. Sie berichtete mir am Abend dieses Tages, als alles vorbei war, dass sie am späten Nachmittag auf einmal vor dem Haus ein Klagen, Schreien und lautes Klappern oder Klopfen gehört habe. Sie sei erschrocken und habe nachsehen wollen, was draußen vor sich gehe, und die Tür einen Spalt geöffnet. Sofort sei sie zurückgewichen und habe versucht, die Tür mit einem Stein am Boden zu blockieren. Auf der Straße vor unserem Haus habe eine Gruppe zerlumpter Aussätziger gestanden, auf den Eingang gestarrt, und innerhalb kurzer Zeit sei aus dem Gejammer der Ruf nach Jes geworden. Zuerst habe es wild durcheinander geklungen, allmählich sei es aber wie aus einem Mund gekommen: Jes, Jes, Jes.

Nicht lange danach sei der Name plötzlich von anderen Stimmen und Worten übertönt worden. Sie hätten wütend und entsetzt geklungen. Durch einen kleinen Riss in der Türe habe sie vage erkennen können, dass sich hinter der Gruppe der Aussätzigen in gehörigem Abstand Nachbarn und andere Bewohner des Dorfes versammelt und versucht hätten, die Elenden mit ihren Schreien und Drohungen zu vertreiben. Das sei nicht gelungen. Die Kranken hätten sich hingesetzt, um hartnäckig zu warten und weiter lautstark verlangt, Jes zu sehen.

Diese Situation fand ich vor, als ich gegen Abend nach Hause kam. Schon von weitem vernahm ich den Tumult und beschleunigte meine Schritte. Abrupt hielt ich inne, als ich mich unserem Haus näherte und diese armen Gestalten davorsitzen, -liegen oder -knien sah. Nachbarn erkannten mich, eilten zu mir und berichteten, was sich aus ihrer Sicht in den letzten Stunden abgespielt habe. Die Gruppe hatte unser Haus derart belagert, dass zur Tür kein Durchkommen war. Ich versuchte, über den Lärm hinweg Mar zu rufen. Aber entweder war es hier draußen zu laut, und sie konnte mich nicht hören, oder sie war durch den Hof hinter dem Haus zu Nachbarn geflohen.

Mit gebührendem Abstand wollte ich nun mit diesen Leuten reden und musste meine Stimme deutlich erheben und wild gestikulieren, um überhaupt wahrgenommen zu werden. Als man auf mich aufmerksam wurde, trat einer, bereits furchtbar von der Krankheit entstellt, hervor, wandte sich mir zu und verlangte, Jes zu sehen. Man habe ihnen gesagt, wo er zu Hause sei, und dass sie ihn hier finden würden. Wenn er nicht da wäre, würden sie so lange bleiben, bis er heimkomme.

Ich versuchte dem Mann klarzumachen, dass Jes zwar mein Sohn und an diesem Ort aufgewachsen, jedoch schon lange weg sei, und er kehre wohl nicht mehr zurück. Wie man überall höre, ziehe er im Lande umher. Wenn sie ihn treffen wollten, müssten sie ihn woanders suchen, sich durchfragen, wo er in letzter Zeit gesehen worden sei. Auf keinen Fall bei uns, und ich forderte sie auf, sofort zu gehen. Wir dürften keine Aussätzigen in unserem Dorf dulden, wie sie selbst wüssten.

Der Mann ging allerdings nicht darauf ein. Er bekräftigte, dass sie alle warten würden, bis Jes, der Heiler oder Heiland komme, um sie ebenfalls zu heilen. Wie um dem Nachdruck zu verleihen, setzte er sich wieder hin. Und wir schienen Glück zu haben, dass diese Gestalten nicht in unser Haus eindrangen, um nachzusehen, ob das wahr sei, was ich über Jes gesagt hatte. Die Stimmung war sehr angespannt.

Was mich in diesem Augenblick mehr verwirrte, als diese ungelöste Situation mit den Aussätzigen, waren die Worte »heilen«, »Heiler« oder »Heiland«, die ich aus dem Mund des Mannes meinte verstanden zu haben. Dass Jes als »Heiliger« oder ähnliches bezeichnet wurde, war uns bekannt und wir hatten viel über seine Taten und angeblichen Wunder gehört. Aber jetzt wurde von ihm, von unserem Sohn, offenbar verlangt oder erwartet, dass er Aussätzige heilen solle? Das war für uns tatsächlich neu und mit dem bis anhin Gehörten nicht zu vergleichen. Und weil mir das zu unglaublich erschien, wollte ich mehr darüber wissen.

Nach den Worten des Mannes fuhren die Kranken unbeirrt fort, miteinander zu reden, zu jammern und nach Jes zu rufen.

Erneut versuchte ich, zu Wort zu kommen, und als die Leute endlich verstummten, konnte ich fragen, was es damit auf sich habe. Nach und nach erfuhr ich aus verschiedenen Mündern, dass Jes einen oder mehrere Aussätzige geheilt haben soll. Alles in mir sträubte sich, das für wahr zu halten. Es war für mich höchst unwahrscheinlich, nein: unmöglich und geradezu frech daher gelogen. Dass er einen Lahmen zum Gehen gebracht haben soll, war uns einmal berichtet worden. Na ja, das klang einigermaßen glaubhaft. Eine lähmende Verrenkung, eine falsche, Schmerz verursachende Haltung oder ähnliches zu korrigieren, wenn einer ein bisschen nachfühlte oder nachfragte, könnte möglich sein. Für uns arme Leute gab es keine Ärzte, oder wir konnten sie nicht bezahlen. Und wenn Jes sich um solche Menschen oder besonders um solche kümmerte und sich ihnen wie einem Nächsten zuwandte, wie es hieß, könnte ihm ein solcher Fall durchaus begegnet sein und ihn zum Helfen angespornt haben. Und vielleicht war ihm da eine Art »Heilung« gelungen, über die begeistert und ausschweifend berichtet worden war.

Aber dass er Aussätzige geheilt haben soll? Diese Geschichte ging mir entschieden zu weit. Wie man weiß, gelten Aussätzige auch in unserem Volk als unrein, als von IHM Verworfene, als für ihre Sünden Leidende.

Deshalb, und weil die Krankheit durch Berührung oder den Atem übertragen werden kann, müssen sie außerhalb von Dörfern und Städten in Höhlen oder primitiven Hütten hausen. Sie dürfen allen anderen Menschen nicht zu nahe treten, müssen ihr Kommen mit lauten »unrein«-Rufen und Rasseln ankündigen, um ihnen ausweichen zu können.

Sicher, man ist aufgefordert, ihnen aus Mitleid und Erbarmen hie und da etwas zu essen zu geben; verhungern sollen sie nicht. Man wirft ihnen das im Vorbeigehen zu oder bringt es an bestimmte Orte. Mehr kann man ihnen nicht helfen, da sie mit Sicherheit unheilbar sind. Der Anführer der Gruppe hatte jedoch so überzeugt von diesen Heilungen gesprochen, dass ich nachfragte, ob das wirklich stimme und wie das geschehen sei. Er erwiderte ohne Zögern, es sei die Wahrheit, und durch Handauflegen habe Jes Aussätzige von ihrem Leiden befreit und sie gereinigt. Durch Handauflegen? Das wurde immer unglaublicher und wäre geradezu frevlerisch, da dies allem widerspricht, was im Umgang mit diesen armen und bedauernswerten Leuten streng geboten ist. Wegen der Ansteckungsgefahr spricht man sich darüber hinaus ziemlich sicher selbst ein Todesurteil, wenn man sie berührte, da diese erbärmlich Dahinsiechenden kein langes Leben zu erwarten haben. Viele Betroffene wünschen sich oft nichts sehnlicher als den Tod! Das wäre wohl ihre »Erlösung« oder – ja, eine Art »Genesung« durch den von aller Erdenqual befreienden Eingang ins Ewige?!

Als mir das einfiel, erschrak ich heftig, weil sich daneben ein anderer, ausgesprochen grauenhafter Gedanke einschlich, gegen den ich mich trotz aller Bemühungen nicht wehren konnte! Hat Jes sie – und ich muss mich sehr überwinden, diesen beschämenden, verwerflichen Verdacht dir gegenüber auszusprechen – hat er sie möglicherweise ... ge...–...tet?! ... und das wurde als »Heilung« aufgefasst und weiterverbreitet?

Eine abscheuliche Vorstellung, die ich keinesfalls gelten lassen wollte, zu abgründig erschien sie mir und erscheint sie mir bis heute. Und es bleibt für mich ein Rätsel, wie sie zu mir finden konnte und woher. Ich setzte damals alles daran, sie zu überwinden, als grundfalsch zu erkennen oder sie wenigstens als reines Trugbild zu begreifen.

Vermutlich war es die angespannte Situation vor unserem Haus, die mir geholfen hat, diesen erschütternden Einfall fürs Erste beiseiteschieben zu können und nicht länger verzweifelt darüber zu grübeln.

Vor Ort galt es, ein drängendes Problem zu lösen. Es ging

darum, die Aussätzigen, die nach den Erklärungen zu den Heilungen unruhiger geworden waren, von unserem Haus weg und aus dem Dorf hinauszubringen. Zusammen mit anderen Bewohnern versuchte ich aufs Neue mit Worten und Drohungen, die Kranken zum Aufbruch zu bewegen. Wir redeten auf sie ein und zeigten sogar Knüppel. Aber all das nützte nichts. Stur blieben sie sitzen, klapperten, jammerten und riefen nach Jes und nach Heilung.

Am Ende blieb mir nur, einen Nachbarn zu bitten, schnell zur Stadt zu laufen, um einem Wächter am Stadttor die Situation zu schildern. Ich hoffte, damit zu erreichen, dass man ein paar Wachen schicken würde, um die Elenden zu vertreiben. Soldaten gehen rigoros gegen solche Leute vor, die deshalb mächtige Angst vor ihnen haben. Da die Herrschenden streng darauf achten, dass die Aussätzigen wirklich außerhalb der Ortschaften und Städte bleiben, konnte ich einige Hoffnung auf diese Hilfe haben. Zugleich haderte ich mit mir, ausgerechnet die Schergen der Machthaber zu Hilfe zu rufen. Wenn wir diese Menschen allerdings dulden würden, weil sie von sich aus nicht wichen, und wir sie mit unseren Mitteln nicht vertreiben konnten, würden wir selbst Schwierigkeiten bekommen, weil wir das Eindringen der Kranken nicht gemeldet hätten. Davon abgesehen wollten wir selbst diese »Unreinen« nicht in unserem Dorf haben, um nicht angesteckt und von anderen nicht geschmäht oder angezeigt zu werden.

Zwei Männer eilten also zur Stadt, und bevor es ganz dunkelte, hörten wir das Klirren von Metall und ein Trupp Soldaten eilte herbei. Wir Dorfbewohner zogen uns schnell zurück, und als die Aussätzigen die Soldaten mit eingelegten Lanzen herbeischreiten sahen, verschwanden sie humpelnd und mit lautem Gekreisch durch die Gassen in die Nacht. Die Soldaten rückten ab, und sehr erleichtert konnte ich endlich auf unser Haus zugehen und nach Mar rufen. Sie öffnete mir sofort die Tür, ich ging hinein und nahm sie in meine Arme. Zitternd berichtete sie mir kurz, wie das alles angefangen hatte. Den Rest des Abends verbrachten wir schweigend, in Gedanken beschäftigt mit den Vorkommnissen dieses Tages. Mar kniete leicht mit dem Oberköper wippend und ins Gebet versunken vor ihrer Ecke. Ich brütete erneut darüber, was mit unserem Jes geschehen war, der mir auf Grund solcher Erlebnisse noch fremder wurde.

Auch nach diesem außergewöhnlichen Ereignis bekamen wir ihn nicht zu Gesicht, obwohl ihm über den Auftritt dieser Menschen bei uns als Folge seines Tuns sicher berichtet worden ist. Es schien ihm kein Bedürfnis zu sein, nach seinen Eltern und deren Wohlergehen zu fragen. Und mir wurde klar, dass er in einer ganz anderen Welt angekommen war, zu der wir einfachen Leuten keinen Zugang hatten.

Das war nicht mehr unser, nicht mehr mein Sohn.

Bestätigt wurde dieser Eindruck, dieses Gefühl durch weitere Erzählungen und Berichte, und nie konnten wir herausfinden, was der Wahrheit entsprach. Das Gerede über Jes fand kein Ende.

Ja, die sogenannten »guten« Nachrichten oder »frohen« Botschaften und Wundererzählungen nahmen zu, überschlugen sich zeitweise. Ebenso wurde fortwährend Gegenteiliges oder Übles verbreitet. Und es klang von einer Seite immer begeisterter, ja fanatischer, von der anderen bedrohlicher, gehässiger. Zunehmend empörten sich die Ehrwürdigen des Tempels über ihn. Gleichzeitig hörten wir, dass Jes die Menschen mit markigen Worten für sich und SEINEN HERRN und angeblichen VATER zu vereinnahmen suche und offen gegen die Gelehrten und Weisen predige, darüber hinaus in harmlos klingenden Geschichten gegen die Herrschenden aufbegehre.

Eine aufgeheizte Stimmung zog auf, die sich verdichtete und sich von Mond zu Mond steigerte. Ich bekam nach und nach den Eindruck, dass er diese Unruhe und Verwirrung geradezu selbst verursachte, wenn er die Leute aufforderte, seine »Botschaft« überall zu verbreiten, und zugleich zuließ, dass jeder von ihm berichten konnte, wie, was und wie viel er wollte. Oder seine »Mission« war bereits so weit gediehen, dass er den Fluss der Erzählungen nicht mehr lenken konnte und seine »gute« Botschaft in viele unterschiedliche Botschaften zerrann.

Es kamen damals, und das war für uns eine neue Erfahrung, Leute vorbei, die mit uns persönlich über Jes' Kindheit und Jugend reden wollten. Sie fragten zum Beispiel, ob es in jenen Jahren schon Anzeichen für seinen außergewöhnlichen Weg, seine Begabungen gegeben, ob er auch als Kind Gesichte gehabt und in Rätseln gesprochen, wie und wo er gebetet habe. Oder ob man ein Stück von der Kleidung, die er früher getragen habe, sehen, berühren oder sogar mitnehmen könne. Das wäre jetzt etwas Besonderes. Oder einen Stein, den er berührt haben könnte. Oder einen Splitter von einem Holz, das er als Sohn eines Zimmermanns bearbeitet oder in der Hand gehalten habe.

Das erschien uns alles ziemlich seltsam und befremdlich, ganz davon abgesehen, dass wir diese Besuche und Fragen als aufdringlich empfanden. Und für mich ist ein Stück Stoff ein Stück Stoff und ein Stein bleibt ein Stein, egal wer ihn angefasst hat. Stoff oder Stein werden dadurch nicht »besser« oder gar »heilig«. Noch weniger können sie einen Menschen vertreten oder ersetzen. Und vor allem ist es mit unseren Geboten, wenn ich sie richtig verstehe, in keiner Weise vereinbar, einfache, alltägliche Dinge wie einen Gott zu verehren oder ihnen zu huldigen.

Irgendwann wurden diese Fragen, Besuche und unzähligen Berichte Mar und mir zu viel und wir versuchten, sie abzuwehren und auszuweichen, wenn uns jemand wieder Neues oder bisher nie Gehörtes von Jes erzählen wollte. Wir vermieden Kontakte, wenn Alltag und Arbeit sie nicht erforderten, redeten mit anderen nur das Allernötigste und zogen uns weitgehend auf uns selbst zurück.

Natürlich wurden wir dadurch einsamer und sicher als

abweisend oder sonderlich angesehen, und schließlich ließ man uns mit ihm in Ruhe. So verschwand er gleichsam ganz aus unserem Leben, geisterte allenfalls in unserer Erinnerung umher. Aber es fühlte sich an, als gäbe es ihn nicht mehr.

Doch er kehrte noch einmal zurück. Allerdings auf eine abgründig verstörende Weise, die uns Eltern zuinnerst erschütterte und uns das Herz endgültig brach. Obwohl seither ein paar Jahre vergangen sind, und ich nun ein sehr alter Mann bin, der vieles vergisst, erinnere ich mich bis in alle Einzelheiten an jene Ereignisse. Und jedes Mal, wenn die Bilder und Gedanken deutlicher werden, wühlen sie mich auf. Sie lassen mich bis heute nicht los und sind bloß schwach von Anderem, Alltäglichem überdeckt.

Es ist Jes' furchtbares, tragisches, grauenvolles Ende, das ich mit ansehen musste. Ja, musste – zum einen, weil ich nichts gegen die umfassende Macht und harte Hand der Herrschenden und deren Urteil tun konnte. Zum anderen, weil ich im entscheidenden Moment deutlich spürte, dass ich nicht ausweichen, nicht wegsehen durfte. Es waren für mich sehr schmerzhafte, bedrückende, verzweifelte, dunkelste Stunden, ein schwerer Kampf. Gegenüber dem, was Jes zu ertragen, zu erleiden hatte, war er jedoch ohne Zweifel leicht zu führen.

Bis heute ist mir nicht klar geworden, warum er so enden musste. Ich sehe nach wie vor keinerlei Sinn darin – ob er dies nun angestrebt hatte, um sich oder anderen irgendetwas zu beweisen, oder ob ihm dieser Weg in diese Sackgasse tatsächlich von IHM auferlegt worden war, wie man uns mehrfach erklärt und er es selbst geäußert hatte. Aber was oder wer ist ER dann? Was wollte ER von und mit Jes? Oder war unser Sohn von Anfang an von einem dunklen Gemüt in dieses schreckliche Verderben getrieben worden, ohne dass wir das je bemerkt hatten? Ich verstehe es nicht und werde mit dieser offenen Wunde sterben. Ich hoffe nur, mein Weg ist nicht mehr allzu weit. Im Herzen erstorben bin ich schon mit seinem Tod.

Was geschah also? Ich hatte damals in der Stadt eine besondere Arbeit gefunden an einem großen Gebäude, das im Auftrag der Machthaber an der Prachtstraße vom Haupttor zum zentralen Platz errichtet wurde. Mit anderen Handwerkern und Helfern stand ich eines Tages wieder auf einem Gerüst, das an der Vorderseite des Baus entlang der Straße aufgestellt worden war, während er in die Höhe wuchs. Wir arbeiteten am zweiten Stockwerk und sollten Deckenbalken einlegen. Es war gegen Mittag.

Da hörten wir, dass der übliche Lärm der Straße vom Stadttor her, das einige hundert Schritte entfernt stand, zuerst langsam und dann sich schnell steigernd zunahm. Das Stimmengewirr kam näher, es wurde laut gerufen, gesungen und rhythmisch geklatscht. Wir vernahmen einzelne Schreie, Jauchzer und allgemeines Gejohle. Man trommelte, und Schalmeien und Hörner ertönten. Die Passanten auf der Straße blieben stehen und schauten in Richtung des ungewöhnlichen Lärms. Sie schienen überrascht, wandten sich sofort wieder ab und begannen eilig in Seitengassen abzubiegen oder davonzulaufen, wie wenn sie fliehen wollten. Das Getöse war jetzt fast unter uns angekommen, und wir sahen, dass sich die Straße vom Stadttor her dicht mit Menschen gefüllt hatte, die in die Stadtmitte zu ziehen, ja zu drängen schienen, zum großen Platz mit dem Palast des Statthalters.

Ein rufender, schreiender, singender, klatschender Pulk schob sich voran und konnte von den paar Soldaten, die vorausgingen, nicht mehr aufgehalten werden. Sie liefen hilflos vorneweg, getrieben von dem mächtigen Zug. Und plötzlich sah ich, und traute meinen Augen nicht – ja, ich erkannte im vorderen Bereich der Menschenmenge ... Jes, meinen Sohn! Ich musste mich mehrmals vergewissern, dass ich keine Gespenster sah oder mir das nicht einbildete. Doch zweifellos: Es war Jes! In ein langes weißes Gewand gehüllt, mit einem Palmwedel in der Hand, saß er seitwärts auf einem Esel. Er war unmittelbar umgeben, wohl von seinen engsten Vertrauten oder Freunden, die – sechs rechts und sechs links – neben ihm, das heißt neben dem Esel, hergingen, wie um ihn zu schützen oder ein Ehrenspalier zu bilden.

Vor dem Tier lief ein vermutlich Blinder. Jedenfalls starrte der Mann stur geradeaus. Er führte mit einem Strick in der einen Hand den Esel. Mit einem Stecken in der anderen Hand fuchtelte er vor sich hin und her, schrie mit greller Stimme ununterbrochen, das meinte ich herauszuhören: »Wohl dem Heiland« oder »Platz dem, der da kommt« oder einfach »Platz da«, und versuchte, dem Reiter den Weg zu weisen.

Als ich das so unerwartet sah und mir eingestehen musste: das ist Jes, bekam ich auf einmal weiche Knie und versuchte mich am Gerüst festzuhalten. Ich wäre niedergesunken oder heruntergefallen, wenn meine Helfer, die neben mir ebenfalls überrascht die Szene beobachteten, mich nicht aufgefangen und gestützt hätten.

Was geht hier vor?, fragte ich mich am ganzen Leib zitternd. Was hat Jes hier auf einem Esel in dieser Menschenmenge verloren, die ihn begeistert begleitete und mit sich schob, ihn lobte, bejubelte, ja, verehrte, hier auf der Prachtstraße der Großen Stadt auf dem Weg ins Zentrum, ins Zentrum der Gefahr, zum Palast und Gerichtssitz des Statthalters? Mein Sohn, ein einfacher Mann aus ärmlichen Verhältnissen! Was ist aus ihm geworden?

Seit jenen Tagen, als er aus der Wüste gekommen und in größter Not, nicht aus freien Stücken, bei uns eingetreten war, hatten wir ihn nicht mehr gesehen. Wir hatten sehr viel, eigentlich zu viel und Unglaubliches von ihm gehört. Und jetzt ritt er, sicher, bloß auf einem Esel, und trotzdem wie ein Fürst, ein Feldherr oder ein Heiliger in einer Art Triumphzug nicht in irgendeine, nein, in die Große Stadt ein und ließ sich feiern! Was uns über seine Erhabenheit, seine Besonderheit erzählt worden war und über die Verehrung, die ihm zuteil geworden sein soll, schien sich vor meinen Augen zu bestätigen. Es kam mir ungeheuerlich vor und zugleich gespenstisch. Ich zweifelte erneut, ob ich alles richtig sähe.

Doch es war nicht wegzuwischen: Der Zug, die vielen Menschen waren da und mitten unter ihnen Jes auf dem Esel. Mein Blick blieb an ihm hängen und unwillkürlich geriet ich genauso in seinen Bann, zumal die Menge ins Stocken geraten, und er mit ihr zum Stehen gekommen war. Trotz des Tumultes um ihn herum saß er ruhig, aufrecht, gefasst auf dem Tier und schaute über die Menschen hinweg in die Weite, als ob er mit ihnen nichts zu tun hätte. Und unbestreitbar ging ein gewisses Leuchten von ihm aus, dem ich mich einen Moment lang nicht entziehen konnte.

Die Schwäche, die mich erfasst hatte, ließ nach, und als ich wieder einigermaßen Fuß fassen, alleine stehen und klarer denken konnte, kam mir – Jes auf dem Esel vor Augen – die Begegnung mit den Sterndeutern in den Sinn. Das brachte mich nochmals ins Schwanken und ich musste mich an eine Gerüststange lehnen. Jenes Treffen war zwar Jahrzehnte her, aber hatte mich nicht einer dieser Männer wegen eines Sternes über unserem Zelt gewarnt und auf eine zukünftige Gefahr hingewiesen? Ich hatte diese Weissagung längst vergessen. Vielleicht hatte ich mich im Zusammenhang mit Jes' Erfahrungen in der Wüste und seiner Todesnähe kurz daran erinnert, weil mir das unheilvoll erschienen war. Als er sich damals erholt hatte und davongezogen war, maß ich dieser Warnung keine weitere Bedeutung zu. Hier jedoch lag, das fühlte ich bei dem Gedanken an den Weisen sehr deutlich, auf jeden Fall Gefährliches in der Luft, und das löste meinen Bann vollständig.

Die aufgebrachte, begeisterte Menschenmenge, die aufgeheizte Stimmung. Von ihr umgeben und mitten auf der Prachtstraße: Die Gestalt, die auf dem Tier über die Masse hinausragte, im weißen Gewand übernatürlich wirkte und dennoch mein Sohn war! Und ich dachte, möglicherweise hat der Esel diese Erinnerung abermals geweckt. Wir waren ebenfalls mit einem solchen Tier unterwegs gewesen, natürlich unter anderen Umständen und schwierigen Verhältnissen. Und schon damals, könnte man sagen, ritt Jes auf einem Esel, allerdings geborgen und geschützt im Schoße Mars.

Bewahrheitete sich erst jetzt die Prophezeiung des Sterndeuters? Was war zu tun? Konnte ich überhaupt etwas tun oder verhindern? Ich wusste nicht, was bevorstand. Niemand konnte das sagen. Aber ich war der Vater, auch wenn mir mein Sohn fremd geworden war! Ich musste etwas unternehmen, weil ich zumindest ahnte, dass Jes, so triumphal das aussah, ins Verderben ritt, gerade weil es so aussah. Musste dieser Auftritt doch eine ungeheure Provokation sein, nicht nur für die Herrschenden, sondern, nach dem, was wir alles gehört hatten, vor allem für die Lehrer unseres Glaubens oder … sogar für IHN!?

Ich sammelte alle meine Kräfte, rappelte mich auf, ließ die Stange los und begann vorsichtig vom Gerüst herunterzuklettern. Einer der Aufseher, die am Fuß der Leitern standen, damit während der Arbeit keiner davonlief, wollte mich aufhalten. Kurzer Hand stieß ich ihn zur Seite, zeigte mit einem Arm auf den Zug, der aufs Neue in Bewegung geraten war, und rief verzweifelt: »Mein Sohn!«

Unten auf der Straße angekommen, versuchte ich mich am Rande der Menschenmenge und den Häuserwänden entlang nach vorne zu schieben, um in seine Nähe zu gelangen. Einmal wurde ich in eine Seitengasse abgedrängt, wo Soldaten versuchten, Leute aus dem Pulk herauszuziehen. Mit Mühe konnte ich mich zurückhangeln und zwängte mich weiter vorwärts, obwohl Jes bereits weit weg war. Schließlich standen die Menschen so dicht, dass ich steckenblieb. Ich trieb eine Weile in der Masse mit, bis sie wieder zum Stillstand kam und ich mit ihr.

Schnell verbreitete sich von Mund zu Mund die Nachricht, dass die Spitze des Zuges mit Jes auf drei Reihen Soldaten getroffen sei, die den Zentralen Platz abriegelten, um den Zug endlich aufzuhalten und den Palast und das Gerichtsgebäude zu schützen. Als es nicht mehr voranging, begann es in der zu einem Block zusammengedrängten Menge zu rumoren. Es wurde lauter und lauter, die Erregung steigerte sich und man hörte zunehmend empörte Rufe und wütendes Geschrei. Auch in mir regte sich Unmut, jedoch nicht wegen der Machthaber, oder weil der Zug ins Stocken geraten war. Mein Zorn galt zum zweiten Mal meinem Sohn, der mit seinem Wirken all diese Menschen begeistert und in Bewegung versetzt, sie damit aber in diese ausweglose Situation gebracht hatte. Zugleich fühlte ich Ohnmacht, da ich tatsächlich nichts tun konnte, und es im Moment kein Vor und kein Zurück gab. Und wie es aussah, kam Jes genauso wenig weiter, nicht mit seinem Esel und seinen Getreuen, nicht mit seinen Botschaften und sollten die noch so gut sein.

Lange Zeit wogte die Masse aufgebracht hin und her, und erst als die Sonne hinter den Häusern versank, und die Gebäude längere Schatten warfen, wurde es allmählich ruhiger. Viele setzten sich ermüdet auf den Boden, andere lehnten aneinander, um sich auszuruhen. Aus den Seitengassen wurden Wasserschläuche und Brotstücke gereicht und die Leute griffen gierig zu. Niemand dachte daran, nach Hause zu gehen. Alle hatten das Gefühl, dass Entscheidendes bevorstand. Ich versuchte stehenzubleiben, um nicht zertrampelt zu werden, wenn die Menge sich überraschend wieder regen sollte. Und die Nachrichten, die nach einiger Zeit der Entspannung von der vordersten Reihe am zentralen Platz immer eindringlicher und erregter verbreitet wurden, waren in der Tat nicht beruhigend. Von Mund zu Mund weitergegeben kam vieles am Ende des Zuges zum Teil unverständlich und verändert an.

Was schließlich mit der Zeit ständig aus verschiedenen Kehlen wiederholt wurde und als wahr angenommen werden musste, waren Worte wie »verhaftet«, »verraten«, »Kampf«, »verwundet«, »Blut«, »Gericht«, »abgeführt«, »Gefängnis«.

Das brachte die Menschen erneut in heftigste Bewegung, regelrecht in Aufruhr. Die Leute, die sich hingesetzt hatten, standen empört auf.

Alle begannen zu klagen und zu schreien, reckten die Arme drohend hoch und, als ein paar damit anfingen, schwenkten alle ein in den Ruf: »Jes, Jes, Jes!« oder »Friede, Friede, Friede!« und: »Gib ihn los, gib ihn los!«, »Lasst ihn frei!«

Trommeln wurden gerührt und Hörner ertönten, viele stampften mit den Füßen auf den Boden, schlugen die Hände aufeinander. Dieses Getöse hielt recht lange an, flaute nur allmählich ab, und erst als es zu dunkeln begann, hielten die Leute inne und eine Weile blieb es ruhig. Verunsichert oder aus Erschöpfung begannen einige sich zurückzuziehen und verschwanden in Nebengassen. Andere versuchten Richtung Stadttor umzukehren, so dass man nicht mehr hautnah nebeneinander stand, die Straße allerdings noch voller Menschen war.

Plötzlich hörten wir vom zentralen Platz her neue entrüstete Rufe. Ich verstand: »Verurteilt«, »schuldig«, »Verräter«, »Feind«, »Lügner«, aber auf einmal übertönten die Worte »Tod«, »Hinrichtung« und am lautesten »Kreuz« alle anderen Stimmen und Schreie.

Entsetzen ergriff die Leute und heftigste Empörung machte sich breit. Mir brach kalter Schweiß aus, meine Knie knickten ein, und ich ging bloß nicht zu Boden, weil Menschen um mich herum mich auffingen. Man brachte mich vorsichtig an den Rand der Straße und setzte mich behutsam auf einen Stein an einer Hauswand, an die ich mich anlehnen konnte. Da die Menge in größte Erregung geraten war, Drohungen ausstieß, Tumult entstand und Panik sich breitmachte – die Masse wogte hin und her – blieben zwei Männer bei mir, damit ich nicht hineingerissen wurde.

Ich war meiner Sinne fast nicht mehr mächtig. Es dröhnte und toste im Kopf. Das Wort »Kreuz« hämmerte unablässig auf mich ein, drängte sich als Bild bedrohlich auf. Mein Herz raste, und ich wähnte mich am Ende.

Wie man mir später erzählte, seien irgendwann von überall her Soldaten aufgetaucht. Mit großem Druck, erhobenen Schwertern und Schilden hätten sie die Menge entweder in die Seitengassen abgedrängt oder zurück zum Tor und aus der Stadt getrieben. Wer nicht weichen wollte, den habe man gefangengenommen und abgeführt. Und erst gegen Mitternacht sei einigermaßen Ruhe eingekehrt. Nicht verhindern können habe man, dass aus oberen Stockwerken oder von Dächern verschiedener Häuser bis zum Morgen vereinzelt laut »freigeben!«, »losgeben!« oder »Jes, Jes!« gerufen worden sei und zwischendurch ein anderer Name, den niemand richtig verstanden habe. Die ganze Nacht über hätten Soldaten patrouilliert.

Ich kam wieder zu mir, als mich jemand anstieß. Verstört schaute ich auf und blickte in das grimmige Gesicht eines Soldaten.

Er herrschte mich an: »Jetzt weg hier!« und »Geh heim!« Da ich nicht sogleich reagierte, zog er mich grob auf, packte mich, führte oder eher schleifte mich zum Stadttor und stieß mich heftig von sich ins Gelände.

Ich schwankte, stolperte in die Dunkelheit hinaus und weiß nicht mehr, wie ich heimgekommen bin. In Erinnerung geblieben ist mir einzig die schwarze Angst, die mich damals gepackt und mir jeden Lebensmut geraubt hatte, und die mich zeitweilig bis heute ohne Anzeichen überfällt.

Es war eine der grauenvollsten Nächte meines Lebens, und ich erwachte spät am nächsten Morgen aus einem unruhigen Schlaf und ziemlich verwirrt auf meinem zerwühlten Lager. Mit großer Anstrengung raffte ich mich auf und fand Mar zusammengesunken und erstarrt vor ihrer Ecke.

Mühsam brachte ich sie und mich mit ein paar Tropfen Wasser ins Leben zurück. Ihr Gesicht war sehr bleich, und sie stierte vor sich hin. Ich wusste nicht, ob sie mich überhaupt wahrnahm. Sie sprach nichts, reagierte nicht auf meine Worte und Fragen, die ich stammelnd an sie richtete.

Nur einmal murmelte sie: »Ich seh ihn am Kreuz«, was mich überraschte. Woher sie das wusste, sagte sie nicht. Ich vermutete, dass Nachbarn ihr das erzählt haben könnten, da sich Nachrichten über die Ereignisse in der Stadt sicher in Windeseile in der Umgebung verbreitet hatten. Oder sie hat es »gesehen«, eine Gabe, die in besonderen Situationen oder Stimmungen für einen Augenblick unvermittelt in ihr auflebte.

Während Mar nach diesen Worten tiefer in ihr Schweigen und im Schmerz versank, rissen sie mich vollends aus meiner Benommenheit, rüttelten mich richtig wach, da sie mir schlagartig ins Gedächtnis zurückbrachten, was ich eigentlich wusste. »Am Kreuz!«, das hieß eine Vollstreckung des Urteils auf diesem Hinrichtungsberg, der mir aus meiner Arbeit allzu gut als Ort des Grauens bekannt war, auch wenn dort scheinbar Gerechtigkeit vollstreckt wurde. Eine Kreuzigung auf jenem Hügel wirkte auf die ganze Umgebung bedrückend, fegte wie ein Pestgeruch über das Land und ließ viele Leute den Hauch dieses Schauders spüren.

Ein unbändiger Impuls drängte mich zur Flucht, weit weg, irgendwohin und möglichst schnell. Das Grauen war seit gestern in mir, das musste ich nicht von außen erfahren. Nicht im Entferntesten wollte ich mitbekommen, wie sie unseren Sohn an diesen Ort treiben oder schleppen und ihn erbärmlich aufhängen würden, als ob er ein Verbrecher wäre, umringt von Schaugierigen und ihrem hämischen Geheul und Feixen. Es gab inzwischen viele, die seinen Tod begrüßten, ihn gewünscht oder betrieben hatten. Das war in den letzten Jahren den zahlreichen Nachrichten zu entnehmen gewesen, die von Verfolgung, Hass und Drohungen gegenüber Jes berichtet hatten.

Ich ging zur Tür, riss sie auf und wollte davon, übermannt von der Angst, dass mir das schreckliche Geschehen in dieser Umgebung zu nahe gehen würde.

Doch ich prallte zurück vor einer Wand von Menschen, die vor unserem Haus knieten oder mit gesenktem Kopf dastanden. Nachbarn, Leute aus dem ganzen Dorf, die uns ihr Mitleiden, ihre große Trauer bekundeten. Ergriffen blieb ich stehen und begann – was ich von mir nicht kannte – hemmungslos zu weinen.

Aus der Gruppe eilte unser nächster Nachbar und Freund auf mich zu und nahm mich in seine Arme. Es dauerte lange, bis ich mich wieder fassen, mich von ihm lösen und ihm mit einem Kopfnicken danken konnte. Dann kam einer nach dem anderen aus der Schar auf mich zu, neigte sich vor mir oder gab mir fest die Hand, Alte, Junge, Männer, Frauen und Kinder. Währenddessen war Mar scheu und zitternd hinter mich getreten, und die Frauen sammelten sich um sie herum und versuchten, sie mit Wehklagen zu trösten und ihr Mitgefühl auszudrücken.

Langsam fühlte ich einige Kraft zurückkehren. Und bestärkt durch diese Menschen reifte in mir der Entschluss, mich der Hinrichtung nicht zu entziehen, in der Gewissheit, dass all diese Leute mit ihren Herzen bei mir sind. Ich wollte diesem Grauen jetzt mutig ins Auge sehen und unserem Sohn so nah wie möglich sein aus dem Gefühl heraus, dass ich, oder wir, Jes ebenso verleugnen und alleinlassen würden, wenn ich hier nicht bestehe und ihm in diesem allerletzten und schwärzesten Moment nicht beistehe. Außerdem wollte ich nicht als Feigling gelten und später das Abgründige und Entsetzliche des Geschehens gegenüber Leugnern und bei Verharmlosung oder Verherrlichung bezeugen können.

Von den Hinrichtungen, an denen ich beteiligt gewesen war als Zuarbeiter für den Henker, wusste ich nun, dass sie am Tag nach dem Urteil auf dem Hügel, auf dem wir sitzen, vollstreckt werden, wenn die Sonne ihren Zenit überschritten hat. Das hieße – und erneut durchzuckte mich ein Schrecken – an diesem Nachmittag, ja, in ein paar Stunden. Ich hatte keine Zeit zu verlieren.

Die Leute verabschiedeten sich, außer ein paar vertrauten Frauen, die bei Mar blieben, um sie zu stützen und bei alltäglichen Handgriffen zu helfen. Mir kam das durchaus gelegen, weil ich sie in guter Obhut wusste.

Ich dankte ihnen, deutete an, noch einmal wegzumüssen und ging hinters Haus, wo ich mich am Wasserfass erfrischte. Meinen Handwerkskittel, den ich seit dem Vortag anhatte, zog ich aus und schlüpfte in ein Gewand, das ich zu festlichen Anlässen oder an Ruhetagen trug, wenn ich nicht zur Arbeit verpflichtet worden war. Aus Gewohnheit steckte ich Feuerstein und Eisen ein und nahm meine Axt. Sie gehörte zu mir und ließ mich spüren, wer ich war. Ich hatte schon erfahren, dass sie in bestimmten Situationen bei mir eine innere Stärke wecken konnte. Und möglicherweise würde ich daran Halt finden bei dem, was auf mich zukam, und dem ich mich aussetzen wollte. So machte ich mich auf den Weg.

Allerdings wollte ich nicht auf dem Hinrichtungsberg dabei sein. Ich wollte, nein, ich musste zumindest äußerlich eine gewissen Abstand halten, um das durchstehen zu können, weil es mir im Inneren sehr nahe ging. Ich hätte Jes' qualvolles Sterben am Kreuz unmittelbar vor Augen nicht ertragen, zwischen den Schaugierigen und ihrer gehässigen Freude am Tod meines Sohnes. Dazu kam, dass ich von dem einen oder anderen von ihnen oder von Soldaten hätte erkannt werden können und selbst nicht sicher gewesen wäre.

Etwa hundertfünfzig oder hundertachtzig Schritte von unserem Berg entfernt siehst du jenseits der Senke eine andere kleinere Anhöhe, von der aus man hinter Gebüsch und Felsbrocken verborgen das Geschehen auf der Richtstätte einigermaßen beobachten kann. Um dorthin zu gelangen, musste ich die Straße überqueren, die von der Stadt zum Kreuzigungshügel führt.

Als ich mich ihr näherte, nahm ich mit Beklemmung wahr, dass der Henkerszug bereits unterwegs war, gefolgt von zahlreichen laut grölenden und johlenden Gaffern. Es war für mich jedoch zu spät, vor der Kolonne diesen Weg ungesehen zu überqueren. Deshalb kauerte ich mich nicht weit weg von ihm an einer höhergelegenen Stelle hinter die Reste einer von Gestrüpp überwucherten Mauer, von wo aus ich einen besseren Blick auf das Geschehen hatte, ohne dass man mich entdecken konnte.

Und als der Trupp da vorbeikam, sah ich deutlicher: Inmitten der Soldaten tief gebeugt drei Verurteilte – unter ihnen tatsächlich ... Jes!

Die Kriegsknechte schrien und prügelten auf sie ein, wenn sie zu langsam schritten und ... sie schleppten ihre Todeshölzer, schon zu Kreuzen zusammengefügt, selbst! Als ich das erkannte, musste ich heftig nach Luft ringen und drohte, ins Bodenlose zu stürzen. Kein Ende des Elends, kein Ende der Verwicklung, der Abgrund lauerte überall: Es waren meine Kreuze!

Alles in mir krampfte sich zusammen. Halt suchend griff ich nach meiner Axt, umschloss sie fest, und als ich sie spürte, erfasste mich unwillkürlich ein starker Drang, auf den Zug loszustürzen und hemmungslos auf die Soldaten einzuschlagen. Nur schwer konnte ich mich zügeln. Ich begann zu zittern und musste mich setzen. Hinter der Mauer glitt ich zu Boden, nicht weit weg von dem grässlichen Trupp.

Ja, ich selbst hatte die Kreuze hergestellt, ich, Jes' Vater ... nicht ahnend, für wen sie bestimmt waren.

Fünf Tage zuvor war ich frühmorgens von der Baustelle am Gebäude in der Prachtstraße, wo ich seit längerem verpflichtet war, abgezogen, und von der Kommandantur wie schon öfters aufgefordert worden, auf dem Werkplatz hinter dem Gericht mit Helfern aus rohem Baummaterial Hölzer für drei Kreuze herzurichten, obwohl kein Gerichtstag, das heißt keine Urteile und Hinrichtungen bevorstanden. Das fiel mir zunächst nicht auf. Und man hatte uns ausdrücklich geheißen, die Balken bereits vor Ort zu Kreuzen zusammenzufügen, was unüblich war und mich kurz irritierte. Das geschah in der Regel am Richtplatz, weil die Hölzer einzeln leichter transportiert werden konnten. Dagegen nicht aufgeboten worden waren wir, am nächsten Tag für die üblichen Arbeiten zum Todeshügel zu kommen.

Trotz dieser Abweichungen vom üblichen Ablauf eines solchen Auftrages, die wir natürlich wahrnahmen, führten wir die Arbeiten ohne Fragen zu stellen aus, um kein Misstrauen zu erregen und das bedrückende Werk rasch hinter uns zu bringen. So waren wir gegen Mittag fertig, und ich konnte zu meiner Baustelle zurückkehren.

Das Außergewöhnliche und zugleich Erbärmliche und Heimtückische jenes Auftrages wurde mir erst klar, als ich die Kreuze auf den Schultern dieser Verurteilten, mein Kreuz auf dem Rücken meines Sohnes erkannte. Es stand, vermutete ich, im engsten Kreis der Herrschenden schon lange fest, meinen Sohn zu ergreifen und zu verurteilen, wenn sich eine Gelegenheit bieten würde, ohne dass man selbst zu aktiv werden musste, um Unruhen zu vermeiden. Und offenbar sah man in jenen Tagen eine Situation heranreifen, die das ermöglichen würde. Deshalb ließ man die Kreuze gleichsam auf Vorrat anfertigen, und zwar mindestens drei, weil nur eines unüblich war und Aufsehen erregt hätte. Und, das schloss ich aus dem, was ich auf der Straße sah: Wir sollten die Balken im Werkhof zusammenfügen, weil man vor allem Jes als besondere Qual sein Kreuz selbst tragen lassen wollte. Der Kommandant musste gewusst haben, was bevorstand und für wen die Kreuze bestimmt waren, ohne vielleicht den genauen Zeitpunkt der Verhandlung und Hinrichtung zu kennen. Es sollte einiges im Zusammenhang mit diesen Todeshölzern streng geheim bleiben und ausschließlich dem innersten Zirkel der Macht bekannt sein.

Ein furchtbares Geschick muss uns heimgesucht haben oder war uns von vorneherein bestimmt. Meine Fragen und Zweifel drängten sich deutlicher und heftiger auf. Geschah das alles wahrhaftig im Sinne DES HERRN? War das SEIN Plan – gab es den überhaupt?

In mir schrie es: Was tust DU unserem Sohn, was tust DU uns an, hast DU uns gänzlich verlassen? Gewiss: Wir haben oftmals vernommen, dass Jes ganz auf IHN vertraue, sich bedingungslos IHM anheimgegeben habe. Er »wisse«, dass sein Weg in DESSEN Hand läge, vollständig und seit seiner Geburt oder bereits davor von IHM gelenkt werde.

Aber dieses Ende? Ich, der Vater, empfand ich äußerst qualvoll, ich richte meinen eigenen Sohn hin mit meinem Kreuz!? Ging das nicht zu weit? Konnten ER und SEIN GEIST da wirklich IHRE Hand im Spiel haben und solches wollen und betreiben? Und zwar, das hatte Jes uns gegenüber selbst angedeutet, von Anfang an? Oder war IHM etwas entglitten oder ER ebenso machtlos gegenüber denen, die in unserem Land herrschen, und bei denen, die Jes hassten, ihn geschmäht und mit zum Tode verurteilt hatten? War das nicht alles Menschenwerk!?

Solches schoss mir wirr durch den Kopf, als ich ihn das Kreuz mühsam schleppen sah. Auf der Wegstrecke, die ich von meinem Versteck aus übersehen konnte, knickte er ein und wurde wieder hochgepeitscht. Erst nach dem dritten Zusammenbruch innerhalb kurzer Zeit half auf Befehl eines Soldaten einer aus der mitziehenden Menge, Jes das Todesholz zu tragen. Man wollte wohl sicherstellen, dass er am Kreuz und nicht auf dem Weg zur Hinrichtung starb.

Freunde oder Bewunderer, Verehrer meines Sohnes, konnte ich unter den nachfolgenden Leuten nicht entdecken. Entweder zeigten sie sich nicht, weil sie befürchteten, erkannt und mit hineingezogen zu werden, oder sie hielten Jes und damit ihre Sache auf Grund dieses Urteils letztlich für verloren und verbargen sich deswegen enttäuscht und beschämt.

Als der Zug an der Stelle, wo ich mich hingekauert hatte, vorbei war, ließ meine Anspannung ein wenig nach, und ich versuchte, mich zu beruhigen. Schließlich nahm ich all meine Willenskraft zusammen, stand auf, überquerte rasch diesen Kreuzweg und schlich mich in vielen Windungen und geduckt durch das Gelände bis zu jener Anhöhe der Hinrichtungsstätte gegenüber, um hinter einem Gebüsch versteckt die Vorgänge auf dem Todeshügel zu beobachten.

Der Tross war inzwischen dort angekommen. Die Verurteilten waren wahrscheinlich erschöpft neben ihren Kreuzen zu Boden gesunken. Jedenfalls sah ich sie nicht mehr stehen wie die Soldaten und die Schaugierigen. Laute drangen nur gedämpft bis zu mir, ein gleichförmiges Murmeln, ab und zu ein Befehl. Ein paar andere Kriegsknechte hatten die Fläche unmittelbar um die Richtstätte vor der Ankunft des Zuges mit Pfosten und Seilen abgegrenzt. Jetzt wurden zusätzlich Wachen aufgestellt.

Aus eigener bedrückender Erfahrung weiß ich, dass man die Leute während dieses grauenhaften Geschehens höchstens auf zehn, zwölf Schritte an die Kreuze heranlässt. Wenn sie aufgestellt und gesichert sind, gibt man den Zugang zu ihnen frei, um die Hingerichteten der üblichen Verspottung preiszugeben.

Unruhig und angestrengt schaute ich hinüber. Einige Soldaten verteilten sich im abgesperrten Bezirk, wo die

Kreuze und die Opfer liegen mussten, die Gaffer lagerten sich außerhalb. Langsam ließ das geschäftige Treiben nach und eine Weile blieb es ruhig.

Plötzlich Schreie, und das traf mich bis ins Mark. Ich kannte das! Es war der Moment, in dem die Verurteilten an die Kreuze angebunden und so festgezurrt wurden, dass ihnen das Blut in den Adern stockte. Mördern und Aufwieglern trieb man manchmal Nägel durch die Handflächen und Füße. Das hing jedoch vom Kommandierenden und seiner Laune ab und war pure Folter. Seile reichen für die grausame Prozedur aus und sind für die Todgeweihten schmerzhaft genug, wie ich selbst oft miterleben musste.

Es war also vollbracht. Mein Sohn wurde an meinem Kreuz hingerichtet – ohne dass er irgendjemandem je ein Leid zugefügt, ein Unrecht begangen oder gegen Gesetze oder Gebote verstoßen hatte.

Kurz danach hallten Befehle, lautes Rufen und hämisches Geheul der elenden Gaffer herüber – und ich sah, wie die drei Kreuze aufgerichtet wurden. Zuerst das Kreuz mit Jes. Er war fast nackt, meinte ich zu erkennen: Jes, ein unschuldiges Lamm, bloßgestellt. Neben ihm wuchsen die Todeshölzer mit den beiden bösartigen Verbrechern empor, eine zusätzliche Demütigung, eine schamlose Erniedrigung. Jes am Kreuz und zur Rechten und Linken gottloseste Übeltäter. Es kostete mich größte Überwindung, hinzuschauen und das alles zu ertragen. Einzig die traurige, bedrückende Gewissheit, dass mein Sohn ungleich Schwereres erlitt, sein Leben an diesem Tag qualvoll zu Ende ging, ließ mich durchhalten.

Ich stand zitternd da, die Axt fest umschlossen in der Hand und musste von Ferne voller Ohnmacht, Wut, Bitternis, Grauen und Verzweiflung zusehen, wie mein eigenwilliger und dennoch geliebter Sohn elendiglich starb an einem der Kreuze, die ich vermeintlich für einen Verbrecher hatte anfertigen müssen.

Die Fragen ließen mich nicht los: Lag es an uns Eltern oder Jes selbst, waren die entscheidenden Gründe für dieses Ende unsere Schuld und Sünden? Dann müssen sie unermesslich und unverzeihlich, DES HERRN Gnade nicht würdig sein, wenn deshalb solches geschah! Oder sie lasten von allem Anfang an, ohne unser Zutun, auf uns und können nicht vergeben werden. In dem Falle wären auch IHM die Hände gebunden, und all unser Bemühen wäre umsonst!

Sogar die Sonne, es war mittlerweile später Nachmittag geworden, schien in ihrem Lauf kurz innezuhalten, gleichsam selbst erschüttert oder erstaunt über das, was sich auf Erden Unglaubliches vollzog. Daraufhin dunkelte es, so mein Eindruck, schneller und stärker als gewohnt.

Aber ein letzter Lichtstrahl traf das mittlere Kreuz und erhellte Jes' gequälten Leib für einen Moment deutlich, und ich glaubte zu sehen, dass sein Haupt sich heftig, gar verzweifelt nach oben hob, bevor es endgültig auf die Brust herabsank. Ein stechender Schmerz durchzuckte mich, und ich spürte in mir, dass unser Sohn in diesem Augenblick endlich von seinem Leiden und lebenslangen Kampf erlöst hinwegtrat in jene andere Welt, die uns alle empfangen und aufnehmen wird.

Als die Nacht hereinbrach, verschwand das schaugierige Volk, und auf dem Todeshügel wurden ein paar kleine Feuer entzündet, deren Schein die Kreuze nicht beleuchtete, so dass sie in der Dunkelheit verschwanden. Die Soldaten richteten sich für die Nachtwache ein und gruppierten sich um die Feuerstellen. Einmal wurde eine Fackel vor den Todesbäumen hin und her geschwenkt. Vielleicht wollte man prüfen, ob die Gekreuzigten schon verstorben waren. Eine gespenstische, unwirkliche, Angst schürende Szenerie.

In mir stockte alles, jeder Lebensmut erlosch und gelähmt, ja, erstarrt stierte ich zum Kreuzigungshügel hinüber, in die Tiefe der Nacht oder ins Unbestimmte. Irgendwann setzte ich mich ins dürre Gestrüpp, im Außen von Dunkel umhüllt und im Innen voller Schwärze.

Wie ich die Nacht verbrachte, weiß ich nicht mehr genau. Ich meinte aus mir, aus meinem Körper herausgefahren zu sein, fühlte mich seltsam hohl und musste einige Zeit in diesem Zustand verharrt haben. Auf jeden Fall war es hell, als ich allmählich zu mir zurückfand und mich benommen umschaute. Auf dem Hinrichtungshügel standen nach wie vor ein paar Soldaten als Wachen herum. Von den Feuerstellen stieg dünner Rauch auf. Und dann sah ich: Das mittlere Kreuz war ... leer ... während die Verbrecher noch hingen! Ich rieb mir höchst erstaunt und verunsichert die Augen, weil ich befürchtete, in meinem Taumel nicht richtig zu sehen. Doch ich täuschte mich nicht. Jes' Kreuz war leer! Und wieder fuhr mir ein scharfer Stich durchs Herz und gleichzeitig stieg eine hitzige Wut in mir auf.

Denn es ist allgemein bekannt, dass man die Gekreuzigten den furchtbaren Vorgaben gemäß vom Tag der Vollstreckung an bis zum dritten Tag hängen lässt. Von einigen Soldaten bewacht sollen sie zwischen den zwei Nächten weithin sichtbar zur Abschreckung dienen. Das ist die Absicht der Herrschenden. Und man will sichergehen, dass die Hingerichteten am Kreuze sterben, was nicht immer am ersten Tag oder während der folgenden Nacht geschieht. Es ist eine furchtbare Tortur und manchmal ist ein Todesstoß nötig, wenn das Leben eines Gekreuzigten sich gegen das Erlöschen zu heftig wehrt. Am dritten Tag nimmt man sie herunter und übergibt sie den Angehörigen. Später müssen Sträflinge unter Aufsicht die Hölzer ausgraben oder fällen und in eine nahe Schlucht werfen. Sie sollen als Schandholz keine sonstige Verwendung finden, nicht einmal für andere Hinrichtungen. Man will, heißt es, dass jeder sein eigenes Kreuz erleidet. Andere verbreiten geheimnisvoll, man fürchte, ein Holz, an dem einer gestorben war, würde sich wehren, einen zweiten Verurteilten anzunehmen und ihn eventuell abstoßen.

Was soll ich dazu sagen!? Das sind rätselhafte Vorstellungen, dunkle Geschichten überliefert aus einer anderen Welt oder aus einer Zeit vor unserer Zeit und für mich als Zimmermann schwer zu verstehen.

Jes' Kreuz war also am nächsten Morgen leer. Er war zwar, nach dem, was ich mitbekommen hatte, wahrscheinlich am Abend zuvor verschieden, trotzdem hätte man ihn – diesen abgründigen und grausamen Regeln zufolge – hängen lassen müssen. Ich ahnte allerdings, dass die Herrschenden und ihre Helfershelfer gerade diesen Gekreuzigten den Blicken der Menschen unmittelbar nach dessen Tod entzogen hatten, weil er auch für sie kein gewöhnlicher Verbrecher war, und weil sie wussten und tags zuvor erlebt hatten, dass er zahlreiche Freunde und Anhänger hatte, ein großer Teil des Volkes ihm zugewandt war. Man wollte offenbar verhindern, dass dieses Kreuz mit dem Verurteilten, und sei es nur für einen Tag, zu einer Pilgerstätte wurde und seine Gefolgschaft ihn an diesem Ort zum Märtyrer erhebt. Ich nahm deshalb an, dass die Machthaber seinen Körper frevlerisch im Schutze der vergangenen Nacht irgendwo hatten verscharren oder auf andere Art hatten verschwinden lassen.

Das klingt heute, wo ich es dir erzähle, recht nüchtern. Damals war ich voller Gram und zugleich sehr aufgebracht und entrüstet. Und als ich Jes an jenem Morgen nicht mehr sah, war ich trotz tiefer Erschütterung versucht, im Zorn sofort aufzubrechen, um seinen Körper zu suchen und die Soldaten zu befragen oder zur Rechenschaft zu ziehen. Als Vater hatte ich den Gesetzen gemäß Anspruch auf den Leichnam meines Sohnes und auf ein anständiges Begräbnis. Und wie sollte ich Mar erklären, dass sogar Jes' Leib verschwunden war, nicht nur sein Geist, seine Seele ins Unsichtbare aufgefahren? Aber ich brachte diese Kraft zum Suchen an jenem Tag nicht auf. Vermutlich wäre es sowieso vergebens gewesen, und die Soldaten durften mir bestimmt keine Auskunft geben. Und keiner unserer Nachbarn oder Freunde hätte mir geholfen, weil es einem alten Brauch zufolge nach Hinrichtungen in der Umgebung der Todesstätte eine bestimmte Zeit lang Ruhe zu bewahren gilt. Die Seelen der Verstorbenen oder Sterbenden sollen bei ihrem Übergang in andere Welten, hier meist in den Abgrund der ewigen Verdammnis, nicht gestört oder behindert werden. Man fürchtet, sie könnten sonst unselig auf Erden rumoren.

So blieb ich hilflos sitzen und sank zurück in ein dunkles Feld, wo ich nichts sah und nichts fühlte. Und ich saß zusammengekauert bis zum dritten Tag, an dem ich durch Rufe und laute Befehle wie erweckt wurde. Verdutzt schaute ich auf, versuchte mich zurechtzufinden und einen klaren Blick zu bekommen und sah schließlich, dass auf dem

Hinrichtungsberg die Wachen dabei waren, die Leichen der beiden Verbrecher mit Leitern von den Kreuzen zu holen und sie ein paar Leuten, wohl den Angehörigen, zu übergeben. Einer der Übeltäter wurde auf einen Esel gebunden weggebracht, den anderen nahm man auf einer Bahre mit. Die Soldaten beaufsichtigten dieses Geschehen und zogen als letzte in genauer Ordnung und im Marschtritt davon. Auf dem kahlen Hügel blieben die drei leeren Kreuze und leicht rauchende Feuerstellen zurück, ein kärglicher, trauriger, schauerlicher Todeshain, über den sich alsbald eine Schar Vögel hermachte.

Tage später habe ich zusammen mit anderen gründlich und weit herum nach Jes' Leichnam und Grab gesucht und viele Leute befragt. Wir haben beides nicht gefunden. Und niemand hat ihn je mehr gesehen. Wir konnten also nicht einmal von ihm als Verstorbenem Abschied nehmen und eine Grabstätte errichten, wie das jedem Verbrecher zusteht. Es blieb und bleibt uns nur, die Erinnerung an ihn tief im Herzen wachzuhalten, da es keinen würdigen Ort des Angedenkens gibt.

Irgendwann stand ich auf, um den schweren Gang nach Hause anzutreten und endlich bei Mar zu sein. Ich hatte sie in den letzten schweren Tagen allein gelassen und fühlte mich ihr gegenüber voller Schuld. Und doch hemmte mich eine zaghafte Kraft, verzögerte meine ersten Schritte, bis ich unvermittelt wieder anhielt, weil ich jetzt deutlich spürte, dass ich gegenüber denen, die Jes zum Tod am Kreuz verurteilt hatten, irgendein Zeichen setzen musste und – dass ich meinem Sohn noch irgendetwas schuldig war. Und plötzlich wusste ich: Sein Todesholz durfte nicht zusammen mit denen der Verbrecher in jener höllischen Schlucht landen, und von Gestrüpp umwuchert, von Schlangen bekrochen und anderem Getier beschmutzt, verrotten. Sein Kreuz, das ja auch meines war, sollte jedoch genauso wenig den Herrschenden als Triumphzeichen dienen, solange es stehenbleiben würde. Und es durfte keinesfalls seinen Anhängern als Sinnbild in die Hände fallen, sollten die versuchen, es zu holen, bevor die Sträflinge zur Beseitigung anrückten.

Mit diesen Gedanken spürte ich einen zornigen Tatendrang in mir aufsteigen und beschloss, bis zum Abend zu warten und in der Nacht zur Hinrichtungsstätte zu gehen, um mein Werk zu vollenden.

Als es dämmerte, nahm ich meine Axt, die mich nahezu mein ganzes Leben begleitet und meist dem Aufbau gedient hatte, fest in die Hand, verließ, mich vorsichtig umschauend, die Anhöhe und erstieg den Todesberg über eine steilere Halde. Hinter Hecken am Rande des Hinrichtungsplatzes liegend, wartete ich, bis es vollständig dunkel war, und hörte in die Nacht hinaus, ob sich sonst jemand näherte. Über längere Zeit vernahm ich nichts, bemerkte kein Fackel- oder Laternenlicht in der Umgebung, und so trat ich hervor und ging unbeirrbar zum mittleren Kreuz. In dem Moment zeigte sich ein schwacher Mond, der die Stelle fahl beleuchtete. Ich musste all meine innere Stärke aufbieten, um nicht erneut von Schmerz und Elend überwältigt zu werden, als ich unmittelbar am Todesholz meines Sohnes stand, das ich mit meinen eigenen Händen und meinem Werkzeug angefertigt hatte. Zaghaft schaute ich daran hoch, nickte verbittert dem Kreuzungspunkt zu, wo Jes' Haupt gehangen hatte, hob meine Axt, prüfte die Schärfe mit dem Daumen und holte weit aus. Ich hieb auf den Stamm ein, mit großer Wucht und satten Schlägen. Holzsplitter flogen weg, und es dauerte nicht lange, bis der Balken zu wanken begann, nach hinten abkippte und heftig auf den Boden prallte.

Meine Arbeit war damit allerdings noch nicht getan. Voller Wut und Verzweiflung und mit der ganzen Kraft meiner Arme zerlegte ich die beiden Stämme in zwei bis drei Fuß lange Stücke und spaltete diese in Scheite. Ich schlug wie besessen ohne Pause zu, sicher bis in die Mitte der Nacht. Und als dieses Werk getan war, legte ich schweißgebadet die Axt beiseite und schichtete die Hölzer zu einem großen Stapel aufeinander. Aus einer inneren Tasche meines Gewandes holte ich Feuerstein und Eisen und entfachte mit dürrem Astwerk unter dem Scheiterhaufen ein Feuer. Bald loderte es hell empor, und mich erfasste ein Triumphgefühl und wie im Taumel, entzückt oder entrückt, begann ich darum herum zu tanzen. Ich hielt erst inne, als das Holz so weit verbrannt war, dass der Haufen mit lautem Knistern zusammensackte, eine Glutwolke hoch aufschoss und Funken sich ringsum verbreiteten. Erschrocken zuckte ich zusammen, wich mit einem großen Sprung aus, und es wurde mir klar, dass ich hier nicht länger bleiben konnte. Der Brand war bestimmt weithin wahrzunehmen und hatte in der Umgebung vermutlich schon Aufmerksamkeit erregt, zumindest bei der Wache am Stadttor, von wo der Hügel gut zu erkennen ist. Schnell suchte ich meine Axt und verkroch mich ein gutes Stück weit vom Richtplatz entfernt hinter Hecken und Geröll, so dass der Feuerschein mich nicht erreichte, ich aber den Ort des Grauens gut beobachten konnte.

Nach einiger Zeit hörte ich das Klirren von Metall, ein Gemurmel von Stimmen, eilige Schritte und sah den Schein von Fackeln. Tatsächlich erschien ein Trupp Soldaten. Die Männer verteilten sich rund um das bereits schwächere Feuer und die beiden anderen Kreuze, die leicht angekohlt waren. Schweigend standen sie in Abwehrstellung nach außen und spähten und horchten in die Dunkelheit. Nach einer Weile bewegten sich einige vorsichtig mit gezogenem Schwert von ihrem Standort weg und blieben unschlüssig da stehen, wo das Gelände abzufallen begann. Ich war so gut und abseits genug versteckt, dass man mich von dort nicht entdecken konnte. Die Kriegsknechte starrten eine Zeit lang in die Dunkelheit und kehrten auf Zuruf ihres Kommandanten wieder zurück. Die Balken waren inzwischen verbrannt und übrig blieb ein großer Haufen Glut. Als auch der in sich zusammengefallen war, beschlossen die Soldaten abzuziehen. Sie schienen nichts Verdächtiges entdeckt oder erkannt zu haben, dass es nötig gemacht hätte, in der Dunkelheit ins Gelände vorzudringen. Im Schein der Fackeln formierten sie sich wie bei einem Rückzug aus einem Gefecht und marschierten ab. Zweifellos würden sie am Tag das Gelände weiträumig absuchen, um dem Brandstifter auf die Spur zu kommen.

Ich atmete erleichtert auf. Jetzt erst begann ich meine Erschöpfung zu spüren. Sie rührte allerdings nicht nur von den wütenden Axtschlägen der letzten Stunden her. Es war die außerordentliche innere Anspannung, in die ich seit dem Einzug Jes' in die Stadt geraten war, und die bis zu dieser Nacht auszuhalten mir sehr viel Kraft abverlangt hatte. Mit dem Abzug der Soldaten begann sie sich allmählich zu lösen, und ich fühlte mich nach einiger Zeit einerseits befreit und entlastet, andererseits und wesentlich stärker wie zertreten, zermahlen, zerrieben, zermürbt. Es dämmerte bereits, als ich mich aufraffen konnte und auf verschlungenen Wegen nach Hause wankte.

Mar fand ich völlig eingesunken vor ihrer Ecke, zitternd, wimmernd und stöhnend. Bis zu ihrem Ende konnte ich sie kaum mehr zum Aufstehen, nicht mehr zum Sprechen bewegen. Mit etwas Wasser und wenigen Bissen Brot, was ich ihr alle paar Tage reichte, siechte sie trostlos, verbittert, verzweifelt dahin und starb am siebten Ruhetag nach Jes' Tod. Sie war zu einer kindhaften Gestalt zusammengefallen, behielt jedoch bis zuletzt ihr glattes, helles Gesicht, einen in die Weite gerichteten Blick, und in der Todesstunde schienen ihre unverkrampft geschlossenen Lippen trotz allem Kummer und aller Not »wissend« zu lächeln.

Das war vor fünf Jahren. Seither lebe ich allein und bin müde, unendlich müde. Aber es ist alles erzählt, und ich bin froh, dass du nun auch meine Geschichte kennst. Jetzt ist es Zeit für mich zu gehen.

Q.E.S. *

---

* »*Quod erat scribendum*« – »Was aufgeschrieben werden musste«

Wie ich, Primus Testis scriptor, Jos' Geschichte niederschrieb

Jos verstummte, nickte mir zu, nahm seine Axt, stand auf und ging bedächtig ins Gelände davon.
Lange blieb ich nach diesem Abschied sitzen, zutiefst beeindruckt und erschüttert von seinem Bericht. Und es gelang mir, so intensiv war ich berührt, erst ein paar Tage später, ihn in den Jahrbüchern niederzuschreiben. Es kann deshalb sein, dass ich die eine oder andere Begebenheit leicht ungenau wiedergegeben habe, oder hie und da mein Stil mit eingeflossen ist, da ich nach dieser Zeit des Nachfühlens und Nachdenkens nicht mehr alles gänzlich wortgetreu erinnert habe. Die eindrücklichsten Passagen, insbesondere die letzte, sind mir indes vollständig in seinen eigenen Worten gegenwärtig geblieben. Sie dürften die Echtheit und Wahrhaftigkeit des Berichtes deutlich spürbar werden lassen und zur Genüge belegen.

P.Te.S. anno 791*

---

* Primus Testis scriptor, im Jahre 791

Inhalt

Vorwort 5

Wie ich, Primus Testis scriptor, Jos,
den Zimmermann und Vater des Jes,
traf, und wie er mir zu erzählen begann 11

Wie Jes sich aufmachte,
den Tod am Kreuz zu finden 15

Wie ich, Primus Testis scriptor,
Jos' Geschichte niederschrieb 109

Besuchen Sie uns im Internet:
www.karin-fischer-verlag.de
www.deutscher-lyrik-verlag.de

*Bibliografische Information
der Deutschen Nationalbibliothek*

Die Deutsche Nationalbibliothek verzeichnet
diese Publikation in der Deutschen Nationalbibliografie;
detaillierte bibliografische Daten sind im Internet über
http://dnb.d-nb.de abrufbar.

FSC
www.fsc.org
MIX
Papier aus ver-
antwortungsvollen
Quellen
FSC® C083411

Originalausgabe 1. Auflage 2022
Copyright © 2022 Ulrich Wössner

Covergestaltung unter Verwendung
einer Fotografie von © Ulrich Wössner

Alle Rechte vorbehalten

Gesamtgestaltung: mo-rom

ISBN 978-3-8422-4852-6